Michael Blank
NIA

AF281138

Michael Blank

NIA

Impressum

Bibliografische Information der Deutschen Nationalbibliothek: Die Deutsche Nationalbibliothek verzeichnet diese Publikation in der Deutschen Nationalbibliografie; detaillierte bibliografische Daten sind im Internet über http://dnb.dnb.de abrufbar.

Die automatisierte Analyse des Werkes, um daraus Informationen insbesondere über Muster, Trends und Korrelationen gemäß §44b UrhG („Text und Data Mining") zu gewinnen, ist untersagt.

Verlag: BoD · Books on Demand GmbH, In de Tarpen 42, 22848 Norderstedt, bod@bod.de

Druck: Libri Plureos GmbH, Friedensallee 273, 22763 Hamburg

ISBN: 978-3-7693-2521-8

Inhaltsverzeichnis

KAPITEL 1

Ein sanfter Lichtstrahl schlich sich durch den schmalen Spalt zwischen den Vorhängen, erhellte den Raum nur so weit, dass sich die Umrisse der wenigen Möbel abzeichneten. Die Uhr auf dem Nachttisch tickte leise, ein monotones Geräusch, das die Stille fast erdrückender machte. Nia öffnete die Augen, ohne sich zu rühren, und starrte an die Decke. Der Übergang zwischen Schlaf und Wachsein war für sie immer eine merkwürdige Schwebe, ein Moment, in dem sie sich manchmal fragte, ob es überhaupt einen Unterschied gab.

Mit einer Bewegung, die so präzise war, dass sie fast mechanisch wirkte, setzte sie sich auf und schob die Beine über die Bettkante. Ihre nackten Füße berührten den kühlen Boden, und sie zog den dünnen Morgenmantel über die Schultern. Es war ihr Ritual, genau wie das Öffnen der Vorhänge und das Einatmen der frischen Luft von draußen, selbst wenn die Straßen von Williamsburg noch im Dunst der Morgendämmerung lagen.

Ihr Blick wanderte durch den Raum, blieb an den wenigen Dingen hängen, die sie ihr Eigen nannte. Auf der Kommode stand ein Bilderrahmen, alt und leicht angelaufen. Das Glas hatte einen Sprung, aber sie hatte nie das Bedürfnis gehabt, ihn zu reparieren. Was sich darin befand, wusste sie nicht, oder besser gesagt, sie wollte es nicht wissen. Es war nur ein Gegenstand, eine Erinnerung an etwas, das sie eigentlich nicht besaß. Daneben lagen kleine Souvenirs: eine Muschel, ein Stein, ein winziges, verblasstes Buch mit abgerissenen Seiten. Sie betrachtete sie, als könnten sie ihr Antworten auf Fragen geben, die sie sich nicht traute zu stellen.

Die nächsten Minuten verliefen in stummer Routine. Das Wasser aus dem Hahn war zu kalt, aber sie ließ es über ihre Handgelenke laufen, bis ihre Haut taub wurde. Der Kaffee, den sie aufbrühte, war bitter, doch sie trank ihn ohne Zucker oder Milch, so wie immer. Ihre Bewegungen waren so gleichförmig, dass sie selbst kaum bemerkte, dass sie sich bewegte. Es war, als würde ihr Körper die Kontrolle übernehmen, während ihre Gedanken in einer anderen Welt verweilten.

Während sie am Küchentisch saß, mit der dampfenden Tasse in der Hand, begann ihr Kopf sich zu füllen. Gedanken kamen und gingen wie flüchtige Besucher, ließen Fragmente zurück, die sie nicht zusammensetzen konnte. Sie dachte an die Geräusche draußen – das ferne Brummen der Stadt, das Klappern von Absätzen auf dem Gehweg – und daran, wie diese Welt ihr immer fremd geblieben war, egal wie lange sie schon hier lebte. Es war nicht die Stadt, die sie mied, sondern die Menschen. Oder waren es die Menschen, die sie mieden?

Ihre Hände glitten über die Seiten ihres Journals, und sie begann zu schreiben. "Ein neuer Tag", notierte sie. "Und doch fühlt es sich an wie der alte." Ihre Schrift war ordentlich, fast akribisch. Jedes Wort wurde sorgfältig ausgewählt, jede Linie war ein Ausdruck von Kontrolle. Doch die Worte auf dem Papier widersprachen dieser Kontrolle, sie waren voller Sehnsucht und Zweifel.

Erinnerungen drängten sich in ihren Kopf. Ein Garten mit einem Baum, unter dem sie gespielt hatte, ein Lächeln, das sie wärmte, ein Lied, das eine Stimme für sie sang. Aber je mehr sie sich bemühte, die Bilder festzuhalten, desto schneller verblassten sie. Sie konnte sich an die Farben erinnern, aber nicht an die Details. Es fühlte sich an wie ein Traum, der sich weigert, vollständig zu erscheinen.

Ein Blick in den Spiegel am Ende des Raumes ließ sie innehalten. Sie sah ihr eigenes Gesicht, glatt, makellos, aber dennoch fremd. Ihre Finger berührten die Wange, glitten über die Haut. "Wer bin ich wirklich?", flüsterte sie, ohne eine Antwort zu erwarten. Der Spiegel blieb stumm, reflektierte nur das Bild einer Frau, die mehr Fragen hatte als Antworten.

Die Zeit drängte, und sie wusste, dass sie sich fertig machen musste, um den Tag zu beginnen. Aber für einen Moment saß sie einfach da, umgeben von der Stille ihrer Wohnung, und fragte sich, ob der Tag, der vor ihr lag, etwas ändern würde. Ob irgendetwas je etwas ändern würde.

Die schwere Holztür des Altbaus fiel hinter Nia ins Schloss, und sie stand plötzlich mitten im pulsierenden Herz von Williamsburg. Die Geräuschkulisse war allgegenwärtig: das Summen der Menschen, das Klappern von Fahrrädern über das Kopfsteinpflaster, das rhythmische Zischen der Espressomaschinen aus den umliegenden Cafés. Die Luft roch nach frisch gebrühtem Kaffee, nach heißem Teer und nach den ersten Sonnenstrahlen, die sich durch den aufziehenden Dunst des Morgens kämpften.

Nia zog die Schultern ein wenig höher, als hätte die lebendige Atmosphäre ein Gewicht, das auf ihr lastete. Sie ließ ihren Blick über die Straßen schweifen, betrachtete die Menschen, die in Gespräche vertieft waren, Paare, die sich ein Lachen teilten, und einen kleinen Jungen, der über den Gehweg rannte, während eine Frau mit einer Einkaufstasche hinter ihm herlief. Es war, als wäre sie ein unsichtbarer Beobachter, jemand, der zwar sehen, aber nicht wirklich teilnehmen konnte. Die Welt war ein Theaterstück, und sie stand hinter der Bühne, sah durch einen schmalen Spalt im Vorhang.

Ein Straßenmusiker hatte sich an einer Ecke postiert. Seine Gitarre war zerkratzt und abgenutzt, aber seine Finger bewegten sich mit

Leichtigkeit über die Saiten, während er eine melancholische Melodie spielte. Einige Passanten warfen ihm Münzen in den geöffneten Gitarrenkoffer, andere liefen vorbei, ohne ihn eines Blickes zu würdigen. Nia blieb kurz stehen, hörte der Melodie zu und spürte eine seltsame Resonanz, eine leise Melancholie, die mit ihrer eigenen übereinstimmte. Doch nach einem Moment wandte sie sich ab, als hätte sie zu lange hingeschaut, als wäre es unhöflich, dort zu verweilen.

Ein Straßenverkäufer mit einer kleinen, dampfenden Kaffeekarre winkte ihr zu. "Guten Morgen! Ein Kaffee für den Start in den Tag?" Seine Stimme war freundlich, seine Augen lachten, aber Nia spürte eine unerklärliche Anspannung. Small Talk. Sie hasste Small Talk. Es war, als würde eine unsichtbare Wand vor ihr aufsteigen, die sie von diesem simplen Austausch abhielt. Sie zwang sich, zu lächeln, trat näher und bestellte einen schwarzen Kaffee. Ihre Worte klangen fast geübt, mechanisch, wie eine vorprogrammierte Antwort.

„Das macht zwei Dollar", sagte der Verkäufer und reichte ihr den dampfenden Becher. Sie fischte eine zerknitterte Banknote aus ihrer Tasche und nickte ihm kurz zu. „Danke", murmelte sie und spürte, wie der Moment des Kontakts bereits zerbrach, bevor er überhaupt richtig begonnen hatte. Der Verkäufer lächelte weiterhin, doch Nia hatte das Gefühl, dass er bereits das nächste

Gesicht in der Menge suchte, die nächste Stimme, die ihn ansprach. Sie war nur eine flüchtige Begegnung, ein Schatten, der weiterzog.

Der Kaffee war heiß und bitter, doch sie schätzte die Wärme, die sich in ihren Händen ausbreitete. Während sie langsam die Straße hinunterging, suchten ihre Gedanken erneut nach einem Ankerpunkt. Sie beobachtete die Menschen um sich herum—die Vertrautheit in ihren Gesprächen, die kleinen Gesten der Zuneigung, die scheinbar mühelosen Verbindungen. Und sie fragte sich, warum es bei ihr nicht genauso war. Warum sie immer das Gefühl hatte, etwas Entscheidendes zu verpassen, einen Schlüssel, der sie in diese Welt einlassen könnte.

„Gehöre ich überhaupt hierher?" Der Gedanke blitzte in ihrem Kopf auf, ein wiederkehrender Begleiter, den sie nicht abschütteln konnte. Es war nicht die Stadt, die sie mied, es waren die Menschen, oder vielleicht war es auch andersherum. Sie fühlte sich wie ein Knoten, der nicht in das Gewebe passte, wie ein fehlendes Puzzlestück, das nie ganz in das Bild eingefügt werden konnte.

Ein Hund lief an ihr vorbei, die Leine in der Hand eines Mannes, der mit seinem Handy sprach. Der Hund blieb kurz stehen, sah Nia an, und in diesem Blick lag eine seltsame Vertrautheit, fast wie ein Erkennen. Doch dann zog die Leine straff, und der Hund trottete weiter. Nia blieb stehen, sah dem Tier nach, bis es in der Menge verschwand.

„Vielleicht", dachte sie, „ist es gar nicht die Welt, die mich ausschließt. Vielleicht bin ich es, die die Welt nicht hineinlässt." Aber selbst dieser Gedanke brachte keine Klarheit, sondern nur eine weitere Schicht von Unsicherheit, die sich um sie legte.

Der Rest des Weges verlief schweigend. Die Stadt um sie herum blieb lebendig, ein Herzschlag, der sie einhüllte, ohne sie zu berühren. Als sie schließlich ihr Ziel erreichte, hielt sie kurz inne, atmete tief durch und schob die Tür zu dem Gebäude auf, das sie jeden Tag betrat, als wäre es das Einzige, was sie davon abhielt, ganz unsichtbar zu werden.

Die stickige Luft in der kleinen Poststelle des gläsernen Hochhauses war durchdrungen von einem leichten Geruch nach Papier, Karton und der Chemie von Druckertinte. Nia stand am Sortiertisch, ihre Hände bewegten sich mechanisch, während sie Briefe und Pakete nach den Etagen und Büroräumen des Gebäudes sortierte. Die monotone Aufgabe führte dazu, dass ihre Gedanken abzuschweifen begannen, eine Flucht in die Tiefe ihres Inneren, während ihre Hände weiterarbeiteten.

Die Poststelle war fensterlos. Graue Wände, ein metallener Sortierschrank und die immer gleiche Beleuchtung verliehen dem Raum eine bedrückende Kälte. Ihre Kollegin, eine freundlich wirkende Frau mittleren Alters namens Susan, warf ihr einen kurzen Blick zu. „Du bist wirklich schnell, Nia. Vielleicht solltest du öfter mal Pausen machen. Nicht, dass du uns noch das Arbeitspensum aller anderen ruinierst." Susan lachte, aber der Kommentar hinterließ in Nia nur eine leere Resignation.

Sie wusste, dass ihre Geschwindigkeit und Effizienz nicht aus Anerkennung hervorgingen, sondern aus einer ihr innewohnenden Perfektion, die sie nicht erklären konnte. In ihrem Kopf hallte Susans Stimme wider, während sie einen Stapel Briefe in die richtige Schublade legte. Schnell. Zuverlässig. Effizient. Aber bedeutungslos. Alles wirkte so mechanisch, so unpersönlich, und doch spürte sie, dass ihre Sehnsucht nach Bedeutung nicht zur Kälte dieser Umgebung passte.

In einem der Schubladenfächer bemerkte sie einen leicht geöffneten Umschlag. Sie nahm ihn vorsichtig heraus und bemerkte, dass ein Foto daraus hervorlugte. Es zeigte ein Paar, das sich innig in den Armen hielt, ihre Gesichter von einem ehrlichen Lachen erhellt. Nia starrte es einen Moment lang an. Die Emotionen, die in den Gesichtern der beiden lagen, wirkten so intensiv, so echt. Ein Stich zog durch ihre Brust, ein Gefühl, das sie nicht benennen konnte. „Ist alles in Ordnung?", fragte Susan, die auf dem Weg zu einem anderen Stapel vorbeiging. Nia zuckte zusammen und schüttelte schnell den Kopf. „Ja, alles gut." Sie schob den Umschlag hastig zurück in die Schublade.

Die restliche Schicht verging ohne besondere Ereignisse, aber die Bilder und Gedanken, die das Foto in ihr hervorgerufen hatten, ließen sie nicht los. Als sie ihren Bereich reinigte und die letzten Briefe in die Schubladen einsortierte, spürte sie eine tiefe Leere. Es war, als wäre sie eine Beobachterin in ihrem eigenen Leben, außen vor der Welt, in die sie so verzweifelt hineinpassen wollte.

Als die Uhr fünf schlug, legte sie ihre Handschuhe ab, griff nach ihrer Tasche und trat hinaus in den Flur. Die Fenster auf dieser Etage boten einen Ausblick auf die pulsierende Stadt. Sie blieb einen Moment stehen, beobachtete die Menschen und Autos, die in der Ferne vorbeizogen, und fragte sich, wie es wäre, ein Teil von etwas Größerem zu sein—eine Verbindung zu spüren, die über die Oberflächlichkeit hinausging.

Doch dann rückte sie ihre Tasche zurecht, senkte den Blick und machte sich auf den Weg zur U-Bahn. Die Stadt verschluckte sie wie eine Maschine, ein weiteres anonymes Rädchen im Getriebe. Ihre Gedanken wanderten zurück zu dem Foto und zu der Frage, warum ihr das Lachen der beiden so fremd und doch so vertraut vorkam.

Nia betrat ihre kleine Wohnung und schloss die Tür hinter sich. Die Hektik der Stadt verblasste sofort, doch die Stille, die sie umhüllte, brachte keine wirkliche Ruhe. Sie legte ihre Tasche sorgfältig auf den Tisch, schob die Schuhe unter das kleine Regal am Eingang und ließ ihre Fingerspitzen einen Moment auf der Türklinke ruhen, als könnte sie die Welt draußen dadurch noch ein Stück länger fernhalten.

Mit langsamen Bewegungen bereitete sie sich eine Tasse Tee zu, das leise Pfeifen des Wasserkessels durchbrach für einen Moment die Stille. Sie stellte die Tasse auf den kleinen Küchentisch und öffnete den Kühlschrank, in dem nur wenige Lebensmittel standen: ein halber Laib Brot, ein Glas Marmelade, etwas Milch. Ihr Blick verweilte einen Moment auf der schlichten Auswahl, bevor sie sich eine kleine Scheibe Brot schmierte und sie mechanisch aß, während sie aus dem Fenster in den grauen Hinterhof blickte.

Nachdem sie den Abwasch erledigt hatte, holte sie ihr Tagebuch hervor, das in einem verblassten, abgenutzten Ledereinband steckte. Der Geruch von altem Papier stieg ihr in die Nase, ein Hauch von Vertrautheit in einer Welt, die sie so oft als fremd empfand. Mit einem leisen Seufzen setzte sie sich auf die Couch, zog die Beine an und ließ ihren Stift über die leeren Seiten gleiten. Die Worte flossen zunächst stockend, dann schneller:

Heute war wieder ein Tag wie so viele zuvor. Menschen, die an mir vorbeigehen, als wäre ich Luft. Sie lachen, sie reden, sie umarmen sich. Und ich? Ich fühle mich wie ein Schatten, der sie beobachtet, ohne jemals wirklich dazuzugehören.

Ihre Gedanken wanderten zu dem Foto, das sie auf der Poststelle gesehen hatte. Das Paar darauf hatte so glücklich gewirkt, so verbunden. Sie schrieb:

Ist es das, was ich suche? Eine Hand, die meine hält, ein Lachen, das nur für mich bestimmt ist? Aber wie könnte ich das jemals finden, wenn ich mich selbst nicht verstehe?

Nia legte den Stift zur Seite und blickte in den Spiegel an der gegenüberliegenden Wand. Ihr eigenes Gesicht starrte zurück, makellos und doch irgendwie leer. Sie stand auf und trat näher heran, als könne sie etwas entdecken, das sie bisher übersehen hatte. Ihre Finger fuhren über ihre Wangen, ihren Hals, als wollte sie prüfen, ob sie echt war. Doch das Gefühl blieb diffus, unfassbar.

„Warum fühlt sich alles so falsch an?", flüsterte sie, ihre Stimme kaum mehr als ein Hauch.

Der Spiegel gab keine Antwort. Stattdessen spiegelte er nur ihre Verwirrung, ihre Zweifel, ihre ungestellten Fragen. Zurück auf der Couch griff sie erneut nach ihrem Tagebuch und schrieb einen letzten Satz, bevor sie das Buch schloss:

Vielleicht gehöre ich nicht hierher. Vielleicht gehöre ich nirgendwohin.

Sie legte das Tagebuch auf den Tisch, zog sich ein altes, weiches Tuch über die Schultern und löschte das Licht. Ihre Couch war wie immer ihr Bett, und sie legte sich darauf, wobei sie ihre Beine eng an ihren Körper zog. Ihre Augen schlossen sich langsam, doch die Gedanken ließen sie nicht los. Während die Dunkelheit sie umhüllte, spürte sie eine leise, bohrende Unruhe – ein Echo von etwas, das sie noch nicht benennen konnte.

KAPITEL 2

Der Morgen begann wie immer. Nia öffnete die Augen, als die ersten Sonnenstrahlen durch die schmalen Lücken der Vorhänge fielen. Sie blieb einen Moment regungslos liegen und ließ ihren Blick durch das schlichte Zimmer schweifen. Es gab wenig, was ihre Aufmerksamkeit fesseln konnte—nur den kleinen, abgewetzten Nachttisch, auf dem ihr Tagebuch lag, und ein verstaubtes Glas Wasser.

Ein tiefer Atemzug. Sie wusste, was folgen würde. Wie ein Uhrwerk begann sie ihre Routine: Aufstehen, Bett machen, Wasser ins Gesicht spritzen. Ihr Blick wanderte kurz zu ihrem Spiegelbild. „Heute wird besser", murmelte sie, obwohl sie den Worten wenig Glauben schenkte.

Die Wohnung war still, fast beklemmend. Während sie ihr Toast in den Toaster steckte, lauschte sie auf die Geräusche des Treppenhauses—ein leises Klappern von Schuhen, das Knarzen der Dielen, die gedämpfte Stimme eines Nachbarn. Es waren die einzigen Anzeichen von Leben, die sie daran erinnerten, dass sie Teil einer Welt war, auch wenn sie sich oft wie ein Fremdkörper darin fühlte.

Das Frühstück verlief wie immer. Zwei Bissen vom Toast, ein Schluck lauwarmes Wasser, dann ein Blick auf die Uhr. Es war Zeit, zu gehen. Nia griff nach ihrer Tasche und zog die Tür hinter sich zu. Der Flur war, wie die Wohnung, alt und unauffällig, mit abblätternder Farbe und dem schwachen Geruch von Reinigungsmitteln.

Als sie die Treppe hinabsteigen wollte, hörte sie ein Scheppern und gedämpftes Fluchen von unten. Neugierig blieb sie stehen. Das Geräusch wurde lauter, begleitet von einem schwerfälligen Stapfen. Sie trat vorsichtig ein paar Stufen weiter und entdeckte eine junge Frau, die sich mit einer großen Kiste voller Malutensilien abmühte.

Pinsel ragten in alle Richtungen heraus, und eine Tube blauer Farbe drohte herauszufallen. Die Frau—offensichtlich überfordert—zog die Kiste näher an sich, verlor dabei aber fast das Gleichgewicht.

„Brauchen Sie Hilfe?" Nias Stimme hallte klar durch das Treppenhaus, was die Frau aufschrecken ließ. Ein Strang brauner, leicht zerzauster Haare fiel ihr ins Gesicht, als sie hastig aufsah. Ihre Wangen waren gerötet, entweder vor Anstrengung oder Verlegenheit.

„Oh, äh, ja, das wäre... nett." Ihre Stimme klang unsicher, aber freundlich. Sie wirkte ein wenig schüchtern, vielleicht sogar verlegen, als sie die Kiste wieder zurechtrückte und sich umdrehte.

Nia trat näher, nahm die Kiste vorsichtig entgegen und war überrascht, wie schwer sie war. „Was ist da drin? Ein Ziegelsteinlager?"

Die Bemerkung ließ die Frau lachen—ein warmes, ehrliches Lachen, das Nia unvorbereitet traf. „Nur die halbe Kunstwelt", erwiderte sie mit einem schiefen Grinsen. „Ich bin Lilly, übrigens. Danke für die Hilfe."

„Nia", antwortete sie schlicht und balancierte die Kiste mit beiden Händen. Eine flüchtige Wärme durchströmte sie, als sie die lockere, chaotische Energie von Lilly spürte. Es war, als würde ein frischer Windstoß die präzise Ordnung ihrer Welt durchbrechen.

Nia folgte Lilly die Treppe hinauf, die Schritte hallten in dem schmalen, altmodischen Treppenhaus wider. Lilly balancierte eine schwer aussehende Kiste mit Malutensilien in den Armen, und Nia konnte nicht umhin, sich über die unordentliche, aber doch irgendwie charmante Erscheinung ihrer neuen Nachbarin zu wundern. Schließlich erreichten sie Lillys Tür. Mit einem leicht verschämten Lächeln setzte Lilly die Kiste ab, zog den Schlüssel aus der Tasche und öffnete die Tür zu ihrer Wohnung.

Das Atelier war wie ein Sturm, der in einem kreativen Chaos wütete. Der Duft von frischer Farbe und Terpentin schlug Nia entgegen, als sie eintrat. Überall standen Leinwände an den Wänden, einige fertiggestellt, andere nur mit groben Skizzen bedeckt. Tische waren übersät mit Farbtuben, Pinseln und Paletten. Ein alter Plattenspieler in der Ecke schien schon lange nicht mehr benutzt worden zu sein, doch daneben stapelten sich zerkratzte Schallplatten. Die Luft vibrierte förmlich vor kreativer Energie, und Nia konnte nicht anders, als sich ein wenig fehl am Platz zu fühlen.

„Entschuldige das Chaos," sagte Lilly und strich sich eine Haarsträhne aus dem Gesicht. „Ich hatte nicht erwartet, heute Besuch zu bekommen." „Es hat... Charakter," antwortete Nia, die nicht wusste, ob sie sich setzen oder stehen bleiben sollte. Sie fühlte sich wie ein Fremdkörper in diesem lebhaften Raum.

Lilly lachte leise. „Das ist eine nette Art zu sagen, dass es ein unordentliches Durcheinander ist.

Aber das ist mein Chaos, und irgendwie funktioniert es." Sie hob eine Leinwand an, drehte sie um und stellte sie vorsichtig gegen die Wand. „Manchmal glaube ich, dass es meine Kunst widerspiegelt – unvollkommen, chaotisch, aber... echt."

Nia nickte, „Also das ist deine Wohnung?" fragte sie neugierig? „Hm, mehr oder weniger, seitdem ich mit meinem Partner zusammenlebe wohne ich eigentlich bei Ihm aber ich kann mich nicht von dieser Wohnung trennen, die Miete ist gut und das natürliche Licht ist es wert, also bin ich sehr oft hier und habe das hier zu meinem Atelier gemacht" antwortete Lilly mit einem leicht gequälten Ausdruck. Nia lies ihre Blicke weiter schweifen und betrachtete die Umgebung. Eine große Leinwand mit kräftigen Pinselstrichen in Blau- und Grüntönen zog ihre Aufmerksamkeit auf sich. „Ist das fertig?" fragte sie, unsicher, ob sie die Etikette eines Ateliers missachtete.

„Noch lange nicht." Lilly folgte Nias Blick und trat zu der Leinwand. „Ich habe versucht, etwas einzufangen, aber es fühlt sich noch nicht richtig an. Ich weiß nicht... manchmal frage ich mich, ob ich überhaupt gut genug bin." Ihre Stimme wurde leiser, fast so, als spräche sie mehr mit sich selbst als mit Nia.

Nia spürte eine plötzliche Schwere in der Luft. Sie war es gewohnt, anderen zuzuhören, ihre Emotionen aufzunehmen und darauf zu reagieren. Doch in diesem Moment war es anders. Sie fühlte sich von Lillys Offenheit und Verletzlichkeit berührt, auch wenn sie nicht genau wusste, warum.

„Es sieht... lebendig aus," sagte sie schließlich und hoffte, dass ihre Worte richtig waren. Lilly sah sie an, ein kleines, dankbares Lächeln auf den Lippen.

„Danke," murmelte Lilly. Dann wandte sie den Blick ab, als wollte sie einen Gedanken verscheuchen. „Manchmal habe ich das Gefühl, dass die Kunst das Einzige ist, was mich über Wasser hält."

Ein kurzer Moment des Schweigens entstand, bevor Lilly abrupt die Stimmung wechselte. „Willst du etwas trinken? Ich habe Wein, Wasser... oder vielleicht einen Tee?"

Nia zögerte, bevor sie antwortete. „Ein Tee klingt gut." Sie beobachtete, wie Lilly mit geschäftigen Bewegungen in die kleine, unordentliche Küche eilte. Für einen Augenblick war der Raum still, und Nia nutzte die Gelegenheit, um eine Leinwand zu betrachten, die auf einem Ständer mitten im Raum stand. Darauf waren nur wenige Striche zu sehen, doch sie wirkten so kraftvoll, dass sie beinahe eine Geschichte zu erzählen schienen.

Als Lilly mit zwei dampfenden Tassen zurückkam, schien ihre vorherige Melancholie verflogen.

„Also, Nia," sagte sie und reichte ihr eine Tasse. „Was hat dich nach Williamsburg verschlagen?"

Nia nahm einen Schluck Tee, der überraschend süß war, bevor sie antwortete. „Ich wollte... einen Neuanfang. Ein Ort, an dem ich mich... vielleicht wiederfinden kann."

Lilly nickte, als verstünde sie genau, was Nia meinte. „Dann hast du den richtigen Ort gewählt. Diese Stadt hat etwas... Magisches. Sie gibt dir Inspiration, auch wenn sie dich gleichzeitig in den Wahnsinn treiben kann."

Sie lachten beide leise, und für einen Moment fühlte sich Nia seltsam wohl. Vielleicht war das Chaos dieses Ateliers genau das, was sie brauchte, um ein wenig Ordnung in ihr eigenes Leben zu bringen.

Lilly räumte hastig einen Stapel Skizzenbücher und Pinsel von einem alten Holztisch, um Platz zu schaffen. "Setz dich ruhig, Tee kann man ja nicht im Stehen trinken." sagte sie mit einem entschuldigenden Lächeln. Der Duft von frisch aufgebrühtem Tee vermischte sich mit dem typischen Geruch von Farbe und Leinöl und schuf eine eigenartige, aber angenehme Atmosphäre.

Nia nahm vorsichtig Platz, wobei sie den Blick über die vielen unfertigen Kunstwerke schweifen ließ. Jede Leinwand schien eine eigene Geschichte zu erzählen, chaotisch und doch voller Energie. Sie fühlte sich gleichzeitig fasziniert und fehl am Platz. Lilly kehrte mit zwei dampfenden Tassen zurück und setzte sich gegenüber von Nia. "Ich hoffe, du magst Kräutertee. Zucker habe ich leider keinen da."

Nia nickte dankbar und nahm einen vorsichtigen Schluck. Die warme Flüssigkeit schien ihr Unbehagen ein wenig zu lindern. Lilly begann zu sprechen, fast beiläufig, doch ihre Worte hatten eine tiefe Ehrlichkeit. "Manchmal frage ich mich, ob das hier alles überhaupt einen Sinn hat. Ich meine, wer interessiert sich schon für das, was ich male?"

Nia legte die Tasse ab und sah Lilly aufmerksam an. "Ich glaube, deine Bilder sind beeindruckend. Sie wirken ... ehrlich." Lilly lachte leise, ein trauriger Klang, der in dem weitläufigen Raum widerhallte. "Ehrlich, ja. Vielleicht zu ehrlich. Aber Ehrlichkeit zahlt keine Miete. Und na ja ... es gibt Menschen, die erwarten von mir, dass ich mehr bin, als ich bin."

Nia spürte, wie sich etwas in Lillys Worten verbarg, ein unsichtbares Gewicht, das sie niederdrückte. "Es muss schwer sein, solche Erwartungen zu tragen," sagte sie vorsichtig.

Lilly zuckte mit den Schultern, doch ihre Augen verrieten eine tiefe Müdigkeit. "Man gewöhnt sich daran. Aber manchmal frage ich mich, ob ich nicht einfach alles hinschmeißen sollte."

Nia überlegte einen Moment, bevor sie leise sagte: "Ich habe oft das Gefühl, dass ich nirgendwo wirklich dazugehöre. Als ob ich immer nur am Rand stehe und zuschaue."

Lilly sah sie überrascht an, ihre Stirn legte sich in nachdenkliche Falten. "Das kenne ich. Aber weißt du was? Manchmal sind es genau die Menschen am Rand, die am meisten sehen. Vielleicht bist du mehr Teil des Ganzen, als du denkst."

Die Worte trafen Nia unerwartet tief, und sie fühlte einen warmen Stich der Dankbarkeit. Lillys Augen glitzerten, und für einen Moment schien die Schwere von ihr abzufallen. Doch dann, fast beiläufig, fügte sie hinzu: "Manchmal wünschte ich, ich könnte einfach neu anfangen. Ohne ... all die Komplikationen."

Nia wollte fragen, was sie meinte, doch Lillys Blick wanderte ab, und die Chance verstrich. Stattdessen nippten sie beide schweigend an ihrem Tee, während die Farben und Schatten des Ateliers sie umhüllten wie eine schützende Decke.

Die Atmosphäre zwischen ihnen fühlte sich vertraut und doch fragil an, wie eine Brücke, die gerade erst gebaut wurde. Als Lilly schließlich aufstand, um einen weiteren Pinsel aufzuheben, spürte Nia, dass sie in diesem Moment einen Hauch von dem gefunden hatte, wonach sie suchte: eine Verbindung, so flüchtig sie auch sein mochte.

Nia betrat ihre Wohnung und ließ die Tür hinter sich ins Schloss fallen. Der Klang hallte durch die Stille des kleinen Raumes, und sie verharrte einen Moment, die Stirn gegen das kühle Holz gelehnt. Es war, als müsste sie die Eindrücke des Tages erst sortieren, bevor sie wieder durchatmen konnte. Der leichte Duft von Tee, der noch in der Luft hing, vermischte sich mit dem dezenten Aroma von Farbe, das sie aus Lillys Atelier mitgebracht hatte.

Die Wohnung war so ordentlich, wie sie sie verlassen hatte. Jeder Gegenstand hatte seinen festen Platz, und doch fühlte sich der Raum leerer an als sonst. Sie zog ihre Schuhe aus und stellte sie ordentlich neben die Tür, dann ging sie zum Fenster und zog die Vorhänge ein Stück beiseite. Die Lichter von Williamsburg flimmerten wie ein ferner Sternenhimmel, während das Summen des Verkehrs gedämpft in den Hintergrund ihrer Gedanken trat.

Nia ließ sich auf den Stuhl an ihrem kleinen Schreibtisch sinken. Dort lag ihr Tagebuch, ein unscheinbares Buch mit einem abgenutzten Einband, dass sie seit ihrer Ankunft in der Stadt begleitet hatte. Sie strich mit den Fingerspitzen über das Cover, zögerte, bevor sie es öffnete. Die leeren Seiten schienen sie herauszufordern, als wollten sie ihre Gedanken auffangen und formen, bevor sie wieder in die Unordnung ihres Geistes entglitten.

Lilly.

Sie schrieb den Namen in geschwungener Schrift, fast wie eine Skizze, als würde sie versuchen, den Klang des Namens mit der Bewegung des Stifts einzufangen. Dann hielt sie inne und starrte auf die Buchstaben. Es war merkwürdig, wie sehr dieser eine Name ihre Gedanken beherrschte. Nia schloss die Augen und ließ die Szenen des Tages noch einmal vor ihrem inneren Auge ablaufen.

Lillys Atelier war ein lebendiges Chaos gewesen. Die Farben, die Pinsel, die unfertigen Leinwände – es war, als hätte der Raum selbst eine Seele. Doch es war nicht nur der Ort gewesen, der sie so beeindruckt hatte, sondern Lillys Art, sich darin zu bewegen. Ihre Energie war zugleich ungestüm und verletzlich, ihre Worte voller Leidenschaft, aber auch von einer leisen Unsicherheit durchzogen.

Sie ist so anders, schrieb Nia schließlich. Der Satz wirkte schlicht, aber er trug die ganze Faszination, die sie empfand. Lilly war so unperfekt, so menschlich. Nia dachte daran, wie Lilly gelacht hatte, als sie sich über den Farbklecks auf ihrer Wange lustig machte. Dieses Lachen war warm gewesen, herzlich, und hatte etwas in Nia berührt, dass sie nicht benennen konnte.

Doch hinter der Bewunderung lag auch ein Schatten. Nia spürte die Fragen, die an die

Oberfläche drängten. *Was, wenn sie mich wirklich kennenlernt? Was, wenn sie sieht, dass ich nicht bin, was Sie gerne hätte?* Sie legte den Stift zur Seite und presste die Handflächen auf den Tisch, als könnte sie die aufkommende Unsicherheit so aus ihrem Inneren vertreiben.

Ein Teil von ihr wollte Lilly näherkommen, mehr von dieser Wärme spüren, die sie so sehr vermisste. Doch ein anderer Teil warnte sie, dass diese Nähe gefährlich sein könnte – für sie beide. Nia atmete tief durch und lehnte sich zurück. Ihre Augen glitten zum Fenster, wo die Stadt unbeeindruckt von ihren inneren Kämpfen pulsierte.

Der Tag war lang gewesen, und die Müdigkeit kroch in ihre Glieder. Sie stand auf, zog langsam ihre Jacke aus und hängte sie an den Kleiderhaken neben der Tür. Dann ging sie ins Bad, spritzte sich kaltes Wasser ins Gesicht und betrachtete ihr Spiegelbild. Ihre Züge waren ruhig, perfekt – und doch fühlte sie sich in diesem Moment so unvollkommen wie nie zuvor.

Zurück in ihrem Zimmer, schloss sie das Tagebuch und legte es behutsam auf den Nachttisch. Sie zog die Vorhänge vollständig zu und ließ sich auf das Bett sinken. Die Dunkelheit des Raumes umhüllte sie wie eine schützende Decke, doch in ihrem Inneren war es alles andere als still. Die Gedanken an Lilly glühten weiter, wie ein Feuer, das nicht erlöschen wollte. Und während die Geräusche der Stadt leiser wurden, erlaubte sie sich, für einen kurzen Moment an eine Zukunft zu glauben, in der sie nicht länger allein war.

KAPITEL 3

Nia stand vor dem großen, pulsierenden Club, der mitten in Williamsburg lag. Die Luft war erfüllt von der Mischung aus schwerem Bass, Gelächter und Gesprächsfetzen, die aus der geöffneten Tür strömten. Es war ein Ort, den sie bisher gemieden hatte, ein Raum, der mehr war als nur ein Treffpunkt. Für viele war es ein Ort der Flucht, für sie schien es ein Ort der Konfrontation mit ihrer eigenen Unsicherheit zu sein.

Mit einem tiefen Atemzug betrat sie das Innere des Clubs. Das Licht war gedämpft, durchbrochen von grellen Farbblitzen, die in unregelmäßigen Abständen durch den Raum tanzten. Die Menschen um sie herum schienen sich in einer perfekten Harmonie aus Bewegung und Klang zu befinden, ein Kollektiv aus Lächeln und rhythmischen Schritten. Doch für Nia fühlte es sich an, als sei sie eine stumme Beobachterin, ein Schatten, der nicht dazugehörte.

Ihr Blick wanderte durch den Raum, blieb an einer Gruppe junger Menschen hängen, die lachend ihre Gläser aneinanderstießen. Sie verspürte den

Impuls, sich ihnen anzuschließen, doch ihre Füße blieben wie angewurzelt. Es war diese Unsichtbarkeit, die sie gleichermaßen frustrierte und schützte.

Ein Mann in einem gutsitzenden Hemd und mit einem selbstsicheren Lächeln trat in ihr Sichtfeld. Er wirkte, als würde er genau wissen, wie er auf andere wirkte – charmant, aber nicht aufdringlich. Er sah direkt in ihre Richtung und begann, sich einen Weg durch die Menge zu bahnen.

„Du siehst aus, als könntest du einen Drink vertragen", sagte er, als er vor ihr stehen blieb. Seine Stimme war warm, einladend, aber auch berechnend.

Nia wusste nicht, ob es die Atmosphäre des Clubs war oder der müde Wunsch nach Gesellschaft, der sie dazu brachte zu lächeln und zu nicken. „Vielleicht" antwortete sie leise, unsicher, ob ihre Stimme in der Lautstärke der Musik überhaupt gehört wurde.

Er reichte ihr die Hand. „Jake. Und du bist?"

Sie zögerte, überlegte, ob sie ihren echten Namen sagen sollte. Doch dann sagte sie schlicht: „Nia."

„Nia. Schön, dich kennenzulernen." Jake deutete mit einer Kopfbewegung in Richtung der Bar. „Lass uns einen Drink holen."

Nia folgte ihm, während ihr Blick immer wieder zu den anderen Gästen wanderte. Es war nicht die Angst, sich zu verlieren, die sie beschäftigte – es war das leise Wissen, dass sie sich trotz all dieser Menschen in ihrer Einsamkeit sicher fühlte.

An der Bar angekommen, bestellte Jake zwei Cocktails. „Was treibt dich hierher?" fragte er und lehnte sich leicht zu ihr, um die Lautstärke der Musik zu überbrücken.

„Ich wollte... etwas Neues versuchen." Ihre Worte klangen unbeholfen, beinahe naiv, doch Jake schien das nicht zu stören.

„Das ist ein guter Anfang", sagte er und hob sein Glas. „Auf Neues."

Nia hob ihr Glas, berührte es leicht gegen seines und nippte an dem Cocktail. Die Süße des Getränks überdeckte kurzzeitig die Bitterkeit ihrer Gedanken. Es war das erste Mal seit langer Zeit, dass sie jemanden so nah bei sich hatte, jemanden, der scheinbar unbefangen war und keine Fragen stellte, die sie nicht beantworten konnte.

Die Bar begann, sich hinter Nia und Jake aufzulösen, während die Tanzfläche sich vor ihnen erstreckte wie ein eigenes Universum. Der Boden vibrierte mit jedem Bassschlag, und das Licht tauchte die Menschenmenge in ein wechselndes Meer aus Rot, Blau und Gold. Jake zog Nia mit einer ungezwungenen Leichtigkeit in die Mitte der Menge, wo die Körper der Tanzenden sich wie Wellen aneinander vorbeibewegten.

„Lass uns einfach tanzen", sagte er, seine Stimme kaum hörbar über die dröhnende Musik hinweg. Seine Hand glitt von ihrem Arm zu ihrer Taille, ein flüchtiges, fast beiläufiges Berühren, das dennoch eine unerwartete Wärme hinterließ. Nia nickte zögerlich, unfähig, die richtige Antwort zu finden. Die Musik war laut, aber ihre Gedanken schienen noch lauter zu sein.

Die Melodie wechselte zu einem schnelleren Rhythmus, und Jake begann sich zu bewegen. Seine Bewegungen waren fließend, fast hypnotisch, als ob er eins mit der Musik war. Nia stand zunächst unbeholfen da, unsicher, was von ihr erwartet wurde. Doch dann begann sie, seine Bewegungen zu beobachten, ihre eigenen Schritte vorsichtig an seinen Rhythmus anzupassen. Es fühlte sich wie ein Spiel an – ein Versuch, den perfekten Einklang zu finden.

Jake lächelte sie an, seine Augen glitzerten im Licht der Discokugeln. „Du hast ein gutes Gefühl für Rhythmus", sagte er und drehte sich spielerisch um sie herum.

Nia erwiderte das Lächeln, doch innerlich war sie zerrissen. Ihre Gedanken rasten: War es wirklich sie, die sich bewegte, oder war es nur eine Reaktion auf ihn? Sie spürte, wie ihre Wahrnehmung sich auf ihn fokussierte – seine

Haltung, die kleinsten Veränderungen in seinem Gesichtsausdruck, die Art, wie er seine Arme hob und senkte. Es war, als ob ihr ganzer Körper darauf programmiert wäre, sein Verhalten zu spiegeln. Und das tat sie perfekt.

Die Musik wechselte erneut, wurde langsamer, mit einer Melodie, die mehr Raum für Nähe ließ. Jake kam einen Schritt näher, seine Bewegungen wurden sanfter, fast verführerisch. Nia spürte, wie sich ihr Herzschlag an den Takt der Musik anpasste. Oder war es an den seinen? Sie konnte es nicht sagen. Für einen Moment schloss sie die Augen, ließ sich treiben, versuchte, die unzähligen Gedanken, die sie plagten, zum Schweigen zu bringen.

„Gefällt dir die Musik?" fragte Jake plötzlich, seine Stimme leise und nah.

„Ja", antwortete Nia. Ihre Stimme klang dünn, fast verloren in der dröhnenden Atmosphäre des Clubs.

Jake trat zurück und reichte ihr die Hand. „Lass uns etwas trinken."

Dankbar für die Gelegenheit, die Tanzfläche zu verlassen, nahm sie seine Hand. Er führte sie zurück zur Bar, wo er zwei Gläser bestellte – diesmal Whiskey, sagte er. „Etwas Stärkeres, um die Stimmung zu heben."

Nia hob das Glas an ihre Lippen und spürte, wie die Wärme des Alkohols sich in ihrer Brust ausbreitete. Jake erzählte beiläufig von seiner Arbeit – irgendetwas in einer Marketingfirma – und Nia nickte und lächelte an den richtigen Stellen, obwohl die Worte an ihr vorbeizugleiten schienen. Ihre Gedanken wanderten wieder zu ihren eigenen Bewegungen zurück, zu der Art, wie sie tanzte, wie sie lächelte, wie sie antwortete. War all das wirklich sie, oder war sie nur ein Echo seiner selbst?

„Du bist wirklich faszinierend, weißt du das?" sagte Jake plötzlich und lehnte sich näher zu ihr. „Ich habe selten jemanden getroffen, der so präsent ist."

Seine Worte trafen sie unvorbereitet. Präsenz. Das war das Letzte, was sie in sich sah. Sie fühlte sich wie ein Schatten, immer darauf bedacht, die Welt um sich herum nicht zu stören. Aber da war auch ein Teil von ihr, der sich nach dieser Anerkennung sehnte – so sehr, dass es schmerzte.

„Danke", sagte sie schließlich, ihre Stimme leise, während sie das Glas fest umklammerte. Sie wusste nicht, ob es wirklich ein Kompliment war oder nur eine weitere Floskel, aber in diesem Moment entschied sie sich, es anzunehmen.

Die Musik wechselte erneut, und Jake griff nach ihrer Hand. „Komm, lass uns noch einmal tanzen."

Die Fahrt zu seiner Wohnung war still. Jake sprach nur, um die Richtung zu erklären, während

Nia aus dem Fenster sah, ihre Gedanken ebenso trüb wie die vorbeiziehenden Straßenlaternen. Der Whiskey summte noch in ihrem Kopf, aber es war nicht genug, um die unterschwellige Unruhe zu dämpfen, die in ihr wuchs. Sie hatte sich entschieden, mit ihm zu gehen, doch der Grund dafür war ihr selbst nicht ganz klar. Hoffnung, vielleicht? Ein flüchtiger Moment, in dem sie sich nicht wie ein Fremdkörper fühlen würde?

Jakes Apartment lag im fünften Stock eines alten Backsteingebäudes, dessen Flur nach abgestandener Luft und etwas Metallischem roch. "Willkommen in meinem bescheidenen Zuhause", sagte er und öffnete die Tür. Sein Tonfall war jovial, aber Nia bemerkte das leichte Zögern, als er einen Blick auf sie warf. Sie trat ein und sah sich um. Die Einrichtung war schlicht, funktional, aber nicht ungemütlich. Ein großes Sofa, ein niedriger Couchtisch mit verstreuten Magazinen, und an der Wand ein Fernseher, der noch lief, obwohl niemand zu Hause war.

"Mach es dir bequem", sagte Jake und verschwand in der Küche. Nia setzte sich auf die Kante des Sofas und verschränkte die Hände ineinander, unsicher, was sie mit sich anfangen sollte. Die Wärme des Whiskeys hatte sich verflüchtigt, zurück blieb nur das unbehagliche Gefühl, dass sie nicht hierhergehörte. Ihre Augen wanderten zu einem Regal mit Fotos – Jake mit Freunden, Jake mit einer älteren Frau, wahrscheinlich seine Mutter. Das Lächeln auf den

Bildern wirkte echt, warm. Sie fragte sich, ob sie jemals so auf einem Foto aussehen könnte.

"Hier", sagte er, als er zurückkam, zwei Gläser in der Hand. "Noch ein Drink für die Nacht." Er setzte sich neben sie, legte seinen Arm auf die Sofalehne und wirkte vollkommen entspannt. Nia nahm das Glas, nippte daran, obwohl sie keinen Durst hatte. Der Alkohol brannte in ihrem Hals, ein Gefühl, das sie paradoxerweise beruhigte.

Jake lehnte sich zurück, sein Blick auf ihr ruhend. "Du bist... faszinierend, weißt du das?" Seine Stimme war weich, fast hypnotisch. Nia spürte, wie ihre Schultern sich anspannten. Sie wusste nicht, was sie antworten sollte, also sagte sie nichts. Stattdessen lächelte sie schwach und sah zu ihrem Glas.

"Du bist anders", fügte er hinzu, seine Augen musterten sie, als würde er versuchen, ein Rätsel zu lösen. "Nicht wie die meisten Leute, die ich kenne."

"Was meinst du damit?" fragte sie schließlich, ihre Stimme leise.

Er zuckte mit den Schultern, sein Lächeln wurde schief. "Ich weiß nicht... Es ist einfach eine Art, wie du dich bewegst, wie du sprichst. Als ob..." Er hielt inne und nahm einen großen Schluck aus seinem Glas. "Als ob du versuchst, perfekt zu sein."

Das Wort "perfekt" hing in der Luft, schwer und unwillkommen. Nia fühlte, wie ihre Gedanken sich überschlugen. Perfekt? War das, was sie tat, wirklich so auffällig? Sie hatte immer geglaubt, dass ihre Anpassungen unauffällig waren, dass niemand bemerkte, wie sehr sie sich bemühte, dazuzugehören.

Jake stellte sein Glas ab, lehnte sich vor und legte seine Hand leicht auf ihre. "Ich meine das als Kompliment", sagte er, seine Stimme warm. Doch da war etwas in seinem Blick – ein Funken von Neugier, der sie frösteln ließ.

Die Nacht ging weiter, doch Nia war zunehmend in ihren Gedanken gefangen. Jakes Berührungen waren zärtlich, seine Worte charmant, aber alles fühlte sich hohl an. Als er sie schließlich sanft auf das Sofa zog und ihre Lippen sich trafen, war da kein Feuer, keine Verbindung, nur eine mechanische Abfolge von Bewegungen, die ihr fremd vorkam. Sie versuchte, sich fallen zu lassen, doch in ihrem Inneren schrie eine Stimme, dass etwas nicht stimmte.

"Weißt du", sagte Jake plötzlich, seine Stimme tief und fast beiläufig. "Du bist wirklich außergewöhnlich. Man könnte fast meinen, du wärst nicht... echt."

Die Worte trafen sie wie ein Schlag. Sie zog sich zurück, ihre Augen suchten die seinen, aber er lächelte nur, als hätte er einen Witz gemacht. Doch in seinem Blick lag etwas anderes – etwas, das sie nicht greifen konnte. Sie wollte fragen, wollte wissen, was er meinte, aber ihre Stimme versagte. Stattdessen lachte sie nervös, eine Reaktion, die sie nicht kontrollieren konnte.

Jake schüttelte den Kopf, als wolle er seine eigene Bemerkung abtun, und zog sie wieder zu sich. Doch der Moment war gebrochen. Nia fühlte sich wie eine Beobachterin in ihrem eigenen Körper, unfähig, die Distanz zu überwinden, die sich zwischen ihnen aufgebaut hatte.

Als sie später in der Nacht in seinem Bett lag, starrte sie die Decke an, ihre Gedanken wirbelten. Seine Worte hallten in ihrem Kopf nach, jedes Echo verstärkte den Zweifel, der in ihr wuchs. Sie fragte sich, was genau sie in seinen Augen so anders gemacht hatte, dass er solch eine Bemerkung gemacht hatte. Es war, als hätte sie etwas an sich verraten, ohne zu wissen, was es war.

Jake schlief neben ihr, sein Atem ruhig und gleichmäßig. Nia drehte sich zur Seite, beobachtete sein entspanntes Gesicht und fühlte eine seltsame Mischung aus Neid und Entfremdung. Sie sehnte sich nach dieser Ruhe, nach diesem Frieden. Doch tief in ihrem Inneren wusste sie, dass sie ihn nie finden würde.

Ein schwacher Sonnenstrahl drang durch die halb zugezogenen Vorhänge und warf ein schales Licht auf den fremden Raum. Nia lag wach im

Bett, ihre Gedanken so laut wie die Schritte des Mannes, der in der angrenzenden Küche hantierte. Der Geruch von Kaffee erfüllte den Raum, doch es war keine einladende Wärme, sondern eine kalte, mechanische Routine, die sie spürte.

Sie richtete sich langsam auf, spürte die Verspannung in ihrem Rücken. Ihre Augen wanderten über den Raum, über die nüchternen Möbel, die leeren Wände, die keinerlei Persönlichkeit verrieten. Es war ein Spiegel dessen, was sie gerade empfand – Leere.

Der Mann trat mit einer Tasse Kaffee herein und stellte sie vor Nia ab, ohne sie anzusehen. "Du bist echt anders", sagte er beiläufig, fast schon wie eine Feststellung, nicht als Kompliment. Sein Tonfall war sachlich, kühl.

Nia blickte ihn verwirrt an, suchte in seinem Gesicht nach einem Hinweis, was er meinte. "Anders?", fragte sie leise, mehr zu sich selbst als zu ihm. Doch er zuckte nur mit den Schultern und griff nach seinem Handy, als hätte er das Gespräch bereits abgeschlossen. Ein stechendes Gefühl von Ablehnung durchfuhr sie. Es war, als hätte er sie in eine Schublade gesteckt, deren Beschriftung sie nicht lesen konnte.

Die Minuten zogen sich. Nia trank den Kaffee, mehr aus einem Gefühl der Höflichkeit heraus als aus Genuss. Der Mann scrollte durch sein Handy, gab kaum noch einen Laut von sich. Die Vertrautheit der Nacht war einem unsichtbaren Graben gewichen, den Nia nicht zu überbrücken wusste.

"Ich sollte gehen", sagte sie schließlich, ihre Stimme leise, fast entschuldigend. Der Mann nickte nur, ohne aufzusehen. Kein Angebot, sie zu begleiten, kein Abschied, der irgendeine Bedeutung trug.

Als Nia die Tür hinter sich schloss, fühlte sie sich leichter und gleichzeitig schwerer. Die frische Morgenluft schlug ihr entgegen, und für einen Moment blieb sie auf der Treppe stehen, unsicher, wohin sie gehen sollte. Ihre Wohnung war der einzige Ort, der ihr in den Sinn kam, doch es war kein Zuhause, sondern ein Raum, in dem sie sich vor der Welt versteckte.

Auf dem Weg dorthin spürte sie die Blicke der Menschen, die an ihr vorbeigingen. Manche waren neugierig, manche desinteressiert, doch sie alle fühlten sich wie eine Last auf ihren Schultern. Sie fragte sich, warum sie sich so oft fehl am Platz fühlte, warum sie nie wirklich ankam – weder bei anderen noch bei sich selbst.

In ihrer Wohnung angekommen, ließ Nia ihre Tasche achtlos auf den Boden fallen und sank auf den Stuhl an ihrem kleinen Schreibtisch. Ihr Tagebuch lag offen vor ihr, die Seiten erwartungsvoll leer. Sie griff nach dem Stift, doch ihre Hand zitterte leicht. Was sollte sie schreiben? Was gab es zu sagen?

"Warum?" schrieb sie schließlich, das Wort stand allein auf der Seite, so bedeutungsschwer, dass es den Raum auszufüllen schien. Warum schienen alle Verbindungen, die sie knüpfte, so oberflächlich? Warum konnte sie nicht einfach akzeptiert werden, so wie sie war – oder besser gesagt, so wie sie dachte, dass sie war?

Ihre Gedanken schweiften zurück zu den Worten des Mannes. "Anders." Warum hatte er das gesagt? Hatte sie etwas getan, das ihn irritierte? Hatte sie etwas preisgegeben, ohne es zu merken? Ein inneres Unbehagen breitete sich in ihr aus, wie eine Ahnung, die sie nicht greifen konnte.

Sie schloss das Tagebuch, legte den Stift beiseite und lehnte sich zurück. Der Raum war still, doch in ihrem Inneren tobte ein Sturm aus Fragen und Gefühlen, die sie nicht benennen konnte. Und doch, irgendwo tief in ihr, war da ein Funken – ein Hauch von Hoffnung, dass es irgendwo jemanden gab, der sie nicht als "anders" sehen würde, sondern einfach als Nia.

Mit einem schweren Atemzug stand sie auf, ging zum Fenster und blickte hinaus auf die Straßen von Williamsburg. Die Menschen dort unten lebten ihr Leben, sprachen, lachten, stritten. Sie waren so lebendig, so echt. Und sie – sie fühlte sich wie ein Schatten, der an ihren Leben vorbeizog, unsichtbar, ungehört.

Doch in diesem Moment fasste sie einen Entschluss. Sie würde weitermachen. Sie würde weiterhin versuchen, echte Verbindungen zu knüpfen, auch wenn es wehtat. Denn was wäre die Alternative? Stillstand? Isolation? Das war keine Option. Nia würde ihren Weg finden, irgendwie.

Als sie sich vom Fenster abwandte, fühlte sie sich ein wenig leichter. Es war kein großer Schritt, aber ein kleiner – ein Schritt in Richtung Hoffnung.

KAPITEL 4

Nia hatte gerade ihre Tür abgeschlossen und sich zum Treppenhaus gewandt, als sie Lilly bemerkte, die mit einer Kiste voller Malutensilien hantierte. Sie wirkte gehetzt, ein bisschen abwesend, und dennoch entging Nia nicht, dass Lillys Gesicht etwas von einer tiefen Anspannung verriet. Die Kiste schien schwer zu sein, und Lilly kämpfte damit, sie anzuheben, während sie gleichzeitig mit der Schulter die Tür ihres Ateliers zu öffnen versuchte.

„Warte, ich helfe dir," bot Nia schnell an und trat einen Schritt vor. Lilly blickte auf, ihre Wangen leicht gerötet, und schenkte Nia ein dankbares Lächeln. „Oh, danke! Ich dachte schon, ich krieg das nie rein."

Gemeinsam schafften sie es, die Kiste in das Atelier zu tragen. Der Raum war ein einziges kreatives Chaos: Farben, Leinwände und Pinsel waren überall verstreut, während der Geruch von Terpentin und frischer Farbe in der Luft lag. Nia stellte die Kiste vorsichtig auf einen Tisch ab und sah sich dabei unauffällig um.

„Wie läuft's mit deinen Projekten?" fragte sie schließlich, bemüht, nicht zu neugierig zu wirken.

Lilly ließ sich auf einen Hocker sinken und strich sich eine lose Haarsträhne aus dem Gesicht. „Ehrlich gesagt... nicht besonders gut. Es ist schwer, die richtigen Ideen zu finden, weißt du?"

Sie zögerte kurz, bevor sie hinzufügte: „Und zu Hause ist es momentan auch nicht gerade einfach."

Nia runzelte die Stirn. „Zu Hause? Alles okay?"

Lilly zuckte mit den Schultern und versuchte, ihre Worte beiläufig klingen zu lassen. „Ach, weißt du... Beziehungsstress. Das Übliche. Es ist manchmal schwierig, alles unter einen Hut zu kriegen."

Ein kurzer Moment der Stille folgte, in dem Nia nicht recht wusste, was sie sagen sollte. Sie spürte Lillys Unruhe und das Bedürfnis, sich jemandem anzuvertrauen, und dennoch schien sie nicht die richtigen Worte zu finden, um das Gespräch weiterzuführen. Stattdessen lächelte sie aufmunternd und setzte sich auf die Kante eines nahegelegenen Tisches.

„Wenn du willst, kann ich dir helfen, die Sachen hier ein bisschen zu sortieren," schlug Nia schließlich vor, und Lilly lachte leise, ihre Anspannung schien für einen Moment nachzulassen.

„Du bist süß, aber das Chaos hier ist wohl eher ein Fall für Profis. Trotzdem danke."

Das Lächeln, das Lilly ihr schenkte, war warm und aufrichtig, und Nia fühlte sich plötzlich leichter. Es war, als würde ein Stück der Schwere, die sie seit dem Vorabend spürte, von ihr abfallen. Vielleicht war es die Art, wie Lilly sie ansah, ohne zu urteilen, oder einfach nur die Tatsache, dass sie gerade nicht allein war.

„Vielleicht sollten wir mal einen Kaffee trinken," schlug Lilly plötzlich vor und stand auf, wobei sie energisch zu einer Ecke des Ateliers ging, wo eine kleine Kaffeemaschine und ein Stapel bunter Tassen standen. „Oder eher Tee? Du siehst aus wie jemand, der Tee mag."

Nia lachte leise. „Tee klingt perfekt."

Während Lilly begann, das Wasser aufzusetzen, wanderte Nias Blick durch das Atelier. Sie fragte sich, was für Geschichten die Bilder an den Wänden wohl erzählten und ob Lilly vielleicht in ihnen einen Weg gefunden hatte, das auszudrücken, was sie durch Worte nicht sagen konnte.

„Weißt du," sagte Lilly, während sie die Tassen auf den Tisch stellte, „es ist schön, dich hier zu haben. Ich bin nicht besonders gut darin, mich Leuten zu öffnen, aber bei dir fühlt es sich irgendwie... leicht an."

Nia hob überrascht den Kopf, ihre Augen trafen Lillys. Für einen Moment war da nichts als Stille, und in diesem Augenblick spürte Nia etwas, das sie nicht ganz benennen konnte. Es war keine Gewissheit, aber vielleicht eine Art Hoffnung.

Lilly setzte sich mit einer dampfenden Tasse Tee auf das abgenutzte Sofa in ihrem Atelier, während Nia vorsichtig einen Stuhl heranzog. Der

Raum war wie immer ein geordnetes Chaos aus Farben, Pinseln und halbfertigen Leinwänden, aber heute wirkte es anders auf Nia. Intimer. Fast, als wäre sie in einen Teil von Lillys Innerem eingedrungen, das die Künstlerin sonst vor der Welt versteckte.

„Danke, dass du dir die Zeit nimmst," begann Lilly, ihre Stimme leise, fast brüchig. „Manchmal glaube ich, dass ich zu viel rede, zu viel von mir preisgebe." Sie hielt die Tasse mit beiden Händen, als wolle sie sich daran festhalten.

Nia schüttelte den Kopf. „Es ist schön, dir zuzuhören. Du bist... ehrlich. Das ist selten." Ihre Worte waren einfach, aber sie meinte sie aus tiefstem Herzen. Sie konnte sich nicht erinnern, jemals jemanden getroffen zu haben, der so offen war wie Lilly. Es faszinierte sie und machte ihr gleichzeitig Angst.

Lilly lachte trocken. „Ehrlich. Ja, vielleicht. Oder einfach nur chaotisch. Mein Partner sagt das jedenfalls immer. Er sagt, ich sollte lernen, meine Gedanken zu ordnen. Aber manchmal... manchmal ist es, als würden sie wie ein Sturm durch meinen Kopf wehen. Es gibt keine Ordnung, nur... Verwirrung."

Nia beobachtete Lillys Gesicht, die feinen Linien um ihre Augen, die Anspannung in ihrem Kiefer. Sie wollte etwas Tröstendes sagen, etwas, das die Last auf Lillys Schultern leichter machen würde, aber sie wusste nicht, wie. Stattdessen fragte sie: „Warum sagt er so etwas? Glaubt er nicht an dich?"

Lilly zögerte, und für einen Moment schien es, als würde sie nicht antworten. Dann sagte sie: „Ich denke, er versteht mich einfach nicht. Er liebt mich auf seine Weise, aber... manchmal frage ich mich, ob er mich überhaupt sieht. Nicht nur die Künstlerin oder die Frau, die versucht, alles zusammenzuhalten, sondern mich. Lilly." Sie biss sich auf die Lippe und sah weg, ihre Augen auf eine halb fertiggestellte Leinwand gerichtet.

Nia spürte eine ungewohnte Schwere in ihrer Brust. Sie wollte etwas sagen, aber die Worte blieben in ihrem Hals stecken. Stattdessen griff sie nach ihrer Tasse und nahm einen Schluck, obwohl der Tee längst abgekühlt war. „Vielleicht... vielleicht ist es nicht deine Aufgabe, ihn dazu zu bringen, dich zu sehen," sagte sie schließlich. „Vielleicht musst du einfach nur du selbst sein."

Lilly sah sie an, ihre Augen glänzten verdächtig. „Das klingt so einfach, wenn du es sagst. Aber was, wenn ich selbst nicht weiß, wer ich bin?"

Nia konnte darauf nicht antworten. Wie konnte sie? Sie, die selbst nicht wusste, was sie war, wer sie war. Aber sie wollte Lilly trösten, wollte sie daran erinnern, dass sie nicht allein war. „Ich glaube, du bist stärker, als du denkst," sagte sie leise. „Manchmal sieht man sich selbst erst, wenn man aufhört, es zu erzwingen."

Lilly lächelte schwach, aber es war ein echtes Lächeln. Sie lehnte sich zurück, ihre Schultern entspannten sich ein wenig. „Du bist wirklich... besonders, Nia. Irgendwie habe ich das Gefühl, dass ich dir alles erzählen kann, ohne dass du mich verurteilst."

Nia senkte den Blick, ihre Finger umklammerten die Tasse. „Vielleicht, weil ich nicht gut darin bin, Menschen zu verurteilen. Ich verstehe sie oft nicht einmal." Sie lachte nervös, und Lilly lachte mit, ein warmes, ehrliches Lachen, das den Raum zu füllen schien.

Für einen Moment saßen sie einfach nur da, in einer Stille, die diesmal nicht schwer oder unangenehm war, sondern vertraut. Nia wusste, dass dieser Moment wichtig war, auch wenn sie nicht genau sagen konnte, warum. Es war, als würde ein unsichtbares Band zwischen ihnen geknüpft, etwas, das mehr war als Worte oder Gesten.

„Danke, dass du da bist," sagte Lilly plötzlich, ihre Stimme kaum mehr als ein Flüstern. „Das bedeutet mir mehr, als ich sagen kann."

Nia sah sie an, und für einen Moment hatte sie das Gefühl, dass alles möglich war. „Danke, dass du mich hierher eingeladen hast. Ich glaube... ich habe das gebraucht."

Lilly nickte, und sie saßen noch eine Weile dort, der Duft von Farbe und Tee füllte die Luft, während die Nacht langsam über die Stadt hereinbrach.

Nia beobachtete Lilly, während sie verschiedene Farben und Pinsel in ihrem Atelier zusammensuchte. Die lockere Art, mit der Lilly sich bewegte, hatte etwas Beruhigendes. Doch Nia konnte die leise Unruhe in sich nicht abschütteln. „Ich weiß nicht, ob ich das kann", sagte sie leise, als Lilly eine kleine Leinwand vor sie stellte.

„Du musst nichts können", entgegnete Lilly mit einem aufmunternden Lächeln. „Hier gibt es keine Regeln. Male einfach, was dir in den Sinn kommt."

Nia betrachtete die Farben, die sich wie eine Einladung vor ihr ausbreiteten. Sie nahm zögernd einen Pinsel und tauchte ihn in ein sanftes Grün. Die ersten Striche waren zaghaft, fast schüchtern, doch mit jedem Pinselstrich wuchs etwas in ihr. Eine Erinnerung blitzte auf: ein Baum, der sich in ihrer Kindheit vor dem Fenster ihres Zimmers erhoben hatte. Die Äste waren weit und stark, wie Schutzarme, die den Himmel umfassten. Doch sie wusste nicht, warum dieses Bild plötzlich so lebendig in ihr auftauchte.

„Was malst du?", fragte Lilly neugierig, als sie sich neben Nia auf einen Hocker setzte. Ihre Augen ruhten auf der Leinwand, doch ihr Lächeln galt Nia.

„Einen Baum", antwortete Nia schlicht, fast tonlos. Sie zögerte einen Moment, bevor sie hinzufügte: „Ich glaube, er ist aus einer Erinnerung. Aber… es fühlt sich eigenartig an, weil ich nicht sicher bin, ob es wirklich meine Erinnerung ist."

Lilly runzelte die Stirn, nickte dann aber langsam. „Manchmal sind Erinnerungen wie Träume. Sie gehören uns, auch wenn wir nicht wissen, warum sie da sind."

Nia malte weiter, und mit jedem Strich verlor sie sich ein wenig mehr in der Bewegung. Die Farben verschmolzen, und der Baum nahm Gestalt an, kräftig und lebendig, doch an seinen Rändern verlor er sich in einer verschwommenen Unschärfe. Es war, als würde Nia ihn nicht vollständig fassen können, so sehr sie es auch wollte.

Lilly stand auf, ging zu einer anderen Ecke des Ateliers und kehrte mit einem weiteren Pinsel zurück. „Hier, versuch es mal mit diesem. Vielleicht helfen dir feinere Details, dich mehr einzufühlen."

Nia nahm den Pinsel, und ihre Finger berührten kurz Lillys Hand. Es war ein flüchtiger Kontakt, doch ein warmes Gefühl breitete sich in Nia aus. Sie hielt kurz inne und suchte Lillys Blick. Doch Lilly wirkte ganz in ihrem Element, aufmerksam und ermutigend.

„Das ist gut, wirklich gut", sagte Lilly, nachdem sie Nias Fortschritte eine Weile schweigend betrachtet hatte. „Es ist so… roh und ehrlich. Man sieht, dass es von dir kommt."

Die Worte trafen Nia auf eine Weise, die sie nicht erwartet hatte. Es war, als hätte jemand ein kleines Licht in ihrem Inneren entzündet. „Ehrlich?" fragte sie und sah Lilly an.

„Ja. Es ist kein perfekter Baum. Aber es ist ein echter Baum." Lilly legte den Kopf schief, während sie sprach, ihre Augen funkelten vor Begeisterung. „Ich wünschte, ich könnte so intuitiv malen wie du."

Nia wusste nicht, was sie darauf antworten sollte. Sie betrachtete den Baum, der nun fertig auf der Leinwand stand. Er war schlicht, fast naiv, doch er hatte eine Tiefe, die sie nicht erklären konnte. Vielleicht war es die Tatsache, dass er aus einem Teil von ihr kam, den sie selbst nicht verstand.

„Danke", sagte Nia schließlich leise. Ihre Stimme zitterte leicht, aber sie wusste, dass Lilly es bemerkt hatte.

Die beiden saßen eine Weile schweigend nebeneinander. Es war keine unangenehme Stille, sondern eine, die Raum ließ. Raum für Gedanken, für Gefühle, für das, was unausgesprochen blieb.

Als Lilly schließlich aufstand, um den Pinsel auszuwaschen, blieb Nia sitzen. Sie ließ ihren

Blick durch das Atelier schweifen, über die bunten Leinwände, die chaotischen Pinsel und Farben. Doch diesmal fühlte sie sich nicht fehl am Platz. Für einen Moment fühlte sie sich... zugehörig.

Zurück in ihrer kleinen Wohnung spürte Nia eine unerklärliche Leichtigkeit, die sie schon seit Ewigkeiten nicht mehr empfunden hatte. Die vertrauten Wände schienen weniger bedrückend, das Grau des Himmels hinter den Fenstern wirkte nicht mehr ganz so trostlos. Lillys Lachen hallte noch in ihren Gedanken nach—ein Klang, der etwas in ihr berührt hatte, dass sie bisher nicht gekannt hatte.

Sie setzte sich an ihren kleinen Schreibtisch und zog ihr Tagebuch hervor, das sie mit äußerster Sorgfalt führte. Jeder Eintrag war wie ein Versuch, die Welt zu begreifen, ihre eigene Existenz in Worte zu fassen. Doch heute zögerte sie, bevor sie den Stift ansetzte. Wie konnte sie beschreiben, was sie empfand? Es war, als ob ein leiser Hoffnungsschimmer durch den Nebel ihres Lebens drang.

"Lilly ist anders," schrieb sie schließlich, und die Worte fühlten sich zu simpel an. Sie hielt inne, starrte auf die Zeilen und versuchte, das Gefühl zu fassen, das Lilly in ihr ausgelöst hatte. *"Sie ist... echt. Unperfekt, aber auf eine Weise, die schön ist. Sie hat mir heute etwas gezeigt, dass ich nicht*

kannte: wie man einfach ist, ohne sich zu verstecken."

Ein schwaches Lächeln huschte über ihre Lippen, als sie an den Baum dachte, den sie gemalt hatte. Es war keine Meisterleistung gewesen, doch Lilly hatte ihn betrachtet, als wäre er etwas Bedeutungsvolles. Dieses Gefühl der Wertschätzung, so klein es auch gewesen sein mochte, hatte etwas in ihr ausgelöst, dass sie nicht benennen konnte.

Doch hinter der neu gewonnenen Zuversicht lauerte ein anderer Gedanke, ein dunklerer. Sie konnte nicht erklären, warum, aber eine leise Furcht hatte sich in ihre Gedanken geschlichen. Es war, als ob sie spürte, dass das, was sie mit Lilly aufbaute, zerbrechlich war—wie eine zarte Blume, die im ersten Windstoß zerbrechen könnte.

"Was, wenn sie erfährt, dass ich nicht... normal bin?" schrieb sie mit zittriger Hand. Sie wusste nicht, warum dieser Gedanke so laut in ihrem Kopf hallte. Sie hatte keine Beweise dafür, dass sie anders war, nichts Greifbares, das ihre Existenz in Frage stellte. Doch das Gefühl war da, eine ständige Begleitung, ein Flüstern im Hintergrund ihrer Gedanken.

Sie legte den Stift beiseite und blickte aus dem Fenster. Die Wolken zogen träge über den Himmel, und ein einzelner Vogel flog in weiten Kreisen. Für einen Moment verlor sie sich in der

Bewegung, fand Trost in der Einfachheit des Anblicks. Vielleicht war es das, was Lilly meinte, wenn sie über Kunst sprach—dass es nicht um Perfektion ging, sondern um das Gefühl, das es auslöste.

Doch das Lächeln auf ihrem Gesicht verblasste, als die Unsicherheit zurückkehrte. Lilly hatte von ihrer schwierigen Beziehung gesprochen, von der Unsicherheit, die sie plagte. Und obwohl Nia in dem Moment das Bedürfnis verspürt hatte, Lilly zu trösten, hatte sie sich auch hilflos gefühlt. Wie konnte sie jemandem helfen, wenn sie selbst so viele Fragen hatte?

Sie fuhr mit der Hand über die grobe Oberfläche des Tagebuchs. *"Vielleicht bin ich nicht dazu gemacht, jemandem zu helfen,"* dachte sie, und der Gedanke schmerzte mehr, als sie erwartet hatte. Doch gleichzeitig spürte sie, dass der Wunsch, Lilly zu helfen, echt war. Es war nicht programmiert, nicht wie die Erinnerungen, die manchmal in ihrem Kopf aufblitzten. Es war etwas, das aus ihr selbst kam, aus diesem unklaren Kern, der sie ausmachte.

Plötzlich fühlte sie den Drang, aufzustehen, sich zu bewegen. Sie griff nach ihrer Jacke und trat hinaus in die kühle Abendluft. Die Straßen waren stiller als tagsüber, doch das gelegentliche Lachen und Klirren von Gläsern aus den umliegenden Bars erinnerte sie daran, dass das

Leben um sie herum weiterging. Sie ging ohne Ziel, ließ ihre Gedanken treiben.

Als sie an einem Schaufenster vorbeikam, blieb sie stehen. Die Reflexion zeigte ihr Gesicht, doch sie hielt den Blick nicht lange aus. Sie hatte immer das Gefühl, dass etwas nicht stimmte, wenn sie sich selbst betrachtete—eine leise, nagende Unruhe, die sie nie abschütteln konnte.

"Vielleicht bin ich auch nur ein Mensch, der sich selbst nicht versteht," flüsterte sie leise zu ihrem Spiegelbild, und für einen Moment klang es wie eine Wahrheit, die sie akzeptieren konnte.

Auf dem Rückweg zu ihrer Wohnung fühlte sie sich ein wenig leichter, als hätte sie ein Stück der Last, die sie mit sich trug, abgelegt. Lillys Gesicht tauchte wieder in ihren Gedanken auf, und diesmal verspürte sie keinen Schmerz, sondern eine Art Wärme. Es war der Gedanke, dass vielleicht, nur vielleicht, etwas Gutes auf sie wartete—etwas, das sie nicht zerstören musste.

Nia starrte auf das Display ihres Smartphones, ihre Finger schwebten unschlüssig über dem Bildschirm. Das künstliche Licht des Geräts warf einen kühlen Schein auf ihr Gesicht, während die Welt um sie herum im warmen Licht der Morgensonne erstrahlte. Ein neuer Tag hatte begonnen, doch Nia fühlte sich nicht anders als die Tage zuvor. Monotonie und Einsamkeit hatten sich wie eine schwere Decke über ihre Existenz gelegt, und der Gedanke, etwas daran zu ändern, schien gleichermaßen verlockend und beängstigend.

Auf der Dating-App waren dutzende Profile durch ihre Finger gestrichen, jedes mit einem perfekten Lächeln, einem cleveren Spruch. Doch Nia empfand nichts als Leere. Sie wusste nicht, was sie suchte – vielleicht nicht einmal, ob sie wirklich suchte. Dann blieb sie an einem Bild hängen. Eine Frau, umgeben von grünen Hügeln, ihr Haar zerzaust vom Wind, ihr Lächeln natürlich und ungekünstelt. Der Text darunter war schlicht: *„Abenteuerlustig, chaotisch, für einen guten Kaffee immer zu haben."*

Das Profil fühlte sich anders an, echt. Fast automatisch schrieb Nia eine Nachricht, kurz und unspektakulär: *„Hallo Clara, ich mag deinen Profiltext. Möchtest du dich mal auf einen Kaffee treffen?"* Noch bevor sie die Entscheidung, auf „Senden" zu drücken, hinterfragen konnte, war die Nachricht abgeschickt. Ihr Herz klopfte schneller, und sie spürte, wie sich ihre Hände leicht anspannten. Was erwartete sie sich davon? Sie wusste es nicht.

Ein paar Minuten vergingen, in denen die Zeit sich dehnte, bevor das Handy vibrierte. Eine Antwort.

„Hey Nia, danke für die Nachricht! Klar, wie wäre es mit dem Brick Lane Café? Morgen um 10?"

Ein Schauer aus Nervosität und Vorfreude durchlief sie. Sie hatte keine Ahnung, was sie erwarten würde, aber zum ersten Mal seit Wochen fühlte sie sich, als würde etwas passieren. Etwas anderes.

Am nächsten Morgen stand Nia vor dem Brick Lane Café, das zwischen den roten Backsteinhäusern fast zu verschwinden schien. Der Duft von frisch gebrühtem Kaffee lag in der Luft, gemischt mit dem Klang von Stimmen und dem leisen Klirren von Geschirr. Sie betrachtete ihr eigenes Spiegelbild in der Fensterscheibe, überprüfte unbewusst zum zehnten Mal ihr Aussehen. Alles war korrekt – zumindest von außen.

Sie trat ein, die Türglocke klingelte, und ihre Augen suchten den Raum ab. In einer Ecke, an einem runden Holztisch, saß Clara. Ihre Haare waren genauso ungestylt wie auf dem Bild, ihre Kleidung lässig, aber farbenfroh. Als sie Nia erblickte, winkte sie mit einem breiten Lächeln. Nia fühlte, wie sich ein Knoten in ihrer Brust ein wenig lockerte.

„Du bist Nia, oder?" fragte Clara, als Nia nähertrat. Ihre Stimme war angenehm tief, mit einem Tonfall, der Sicherheit ausstrahlte.

„Ja, das bin ich," antwortete Nia, ihre Hände zitterten leicht, als sie sich setzte.

Clara schob ihr einen Cappuccino hinüber. „Ich hab einfach mal für uns bestellt. Hoffentlich magst du Cappuccino."

Nia nickte stumm und spürte die Wärme der Tasse unter ihren Fingern. Ihre Gedanken rasten. Sie wusste nicht, was sie sagen sollte, wie sie beginnen sollte. Doch Clara schien keine Probleme damit zu haben. Sie begann zu erzählen – von ihrem Job als Fotografin, von ihren Reisen durch Europa, von den absurden Begegnungen, die sie unterwegs erlebt hatte.

Mit jedem Satz, den Clara sprach, fühlte Nia sich ein wenig mehr entspannt. Clara hatte diese Fähigkeit, ihre Umgebung mit einer unbeschwerten Energie zu füllen. Nia beobachtete, wie Clara sprach, wie sie gestikulierte, wie ihre Augen leuchteten, wenn sie lachte. Sie wusste nicht, was genau es war, aber etwas an Clara fühlte sich... echt an.

„Und du?" fragte Clara schließlich, ihre Hände um die Tasse gelegt. „Was machst du so?"

Nia zögerte. Was sollte sie sagen? Ihre Arbeit war nichts, worauf man stolz sein konnte, und ihr Leben fühlte sich oft so leer an, dass es kaum erzählenswert war. Dennoch zwang sie sich zu antworten.

„Ich... arbeite in einem Büro. Es ist nichts Besonderes."

Clara lehnte sich zurück, ihr Blick schien Nia zu durchdringen, aber nicht auf eine unangenehme Weise. „Das heißt doch nichts. Die meisten Menschen leben kein Leben wie in einem Film.

Manchmal sind die kleinen Dinge viel spannender, als wir denken."

Die Worte trafen etwas in Nia, etwas, das sie selbst nicht benennen konnte. Für einen Moment spürte sie sich lächeln, ein echtes Lächeln, das nicht aus Höflichkeit entstand.

Als das Treffen zu Ende ging und die beiden sich verabschiedeten, blieb Nia noch einen Moment vor dem Café stehen. Die Sonne hatte ihren höchsten Punkt erreicht, die Straßen waren belebt, doch Nia fühlte sich seltsam allein. Clara war alles gewesen, was man sich von einem Date wünschen konnte – freundlich, offen, charmant. Und doch, als Nia darüber nachdachte, spürte sie eine vertraute Leere in sich aufsteigen.

„Warum reicht es nie?" murmelte sie, während sie den Weg zurück zu ihrer Wohnung einschlug.

Zurück in ihrem Apartment setzte sie sich an den Schreibtisch und schlug ihr Tagebuch auf. Die Worte kamen stockend, aber sie schrieb dennoch. Über Clara, über den Moment der Leichtigkeit, den sie gespürt hatte. Und über die Erkenntnis, dass sie sich danach sehnte, mehr zu sein als nur eine Beobachterin in ihrem eigenen Leben.

Für heute war das genug.

Die Morgensonne drang durch die halb zugezogenen Vorhänge und zeichnete weiche Muster auf Nias schlichte Möbel. Sie saß am

Küchentisch, eine dampfende Tasse Tee vor sich, und scrollte mechanisch durch ihr Telefon. Die Dating-App hatte sich zu einem Ritual entwickelt—eine Mischung aus Hoffnung und Frustration. Sie wusste, dass die Begegnung mit Clara nichts weiter als eine Erinnerung an die Oberflächlichkeit vieler ihrer Kontakte war, aber sie konnte die App nicht einfach löschen. Es war, als würde sie sich an die Illusion einer echten Verbindung klammern.

Eine neue Nachricht ploppte auf. Nia blinzelte überrascht, bevor sie auf das Profil klickte. "Yara, 29, Künstlerin und Weltentdeckerin", stand dort. Das Bild zeigte eine Frau mit kurzen, zerzausten Haaren, einem leichten Lächeln und einem Funken Abenteuerlust in den Augen. Ihre Nachricht war schlicht, aber irgendwie einladend: *„Hi Nia, dein Profil hat mich neugierig gemacht. Lust auf einen Kaffee?"*

Nia zögerte. Sie erinnerte sich daran, wie Clara sie angelächelt hatte, wie einfach es schien, bis die Enttäuschung folgte. Und doch... da war etwas in Yaras Nachricht, das anders klang. Offen. Ohne Erwartung. Schließlich tippte sie eine kurze Antwort: *„Warum nicht? Wann passt es dir?"*

Die Antwort kam fast augenblicklich: *„Heute Nachmittag? Ich kenne ein süßes Café an der Ecke Broad und Willow."*

Nia stimmte zu, obwohl ein Teil von ihr mit jeder Minute, die bis zum Treffen verging, an der Entscheidung zweifelte. Sie verbrachte die Stunden damit, in ihrer Wohnung hin- und herzugehen, immer wieder in den Spiegel zu schauen und sich zu fragen, ob sie zu kühl, zu steif wirkte. Schließlich griff sie nach ihrer Jacke und machte sich auf den Weg.

Das Café war klein und gemütlich, mit Tischen aus dunklem Holz und Pflanzen, die in der Sonne an den Fenstern wuchsen. Yara saß bereits an einem Tisch in der Ecke, eine Tasse in der Hand. Sie winkte, als sie Nia entdeckte, und ein Lächeln breitete sich auf ihrem Gesicht aus—ein Lächeln, das gleichzeitig beruhigend und neugierig wirkte.

„Nia, richtig?" fragte sie, als Nia sich setzte. Ihre Stimme war warm, fast melodisch. „Ich hoffe, ich habe dich nicht überrumpelt. Aber du wirkst... interessant."

„Interessant?" wiederholte Nia, während sie sich setzte. Sie fühlte, wie sich ein leichtes Lächeln auf ihre Lippen stahl. „Ich hoffe, das ist etwas Gutes."

„Definitiv" erwiderte Yara mit einem Zwinkern. „Was ich meine, ist, dass du nicht wie die anderen wirkst. Du bist... ruhig, aber nicht distanziert. Und das finde ich faszinierend."

Die Kellnerin kam, und Nia bestellte einen grünen Tee, während Yara eine zweite Tasse Kaffee orderte. Das Gespräch begann mit den üblichen

Fragen—woher sie kamen, was sie taten, welche Bücher sie lasen oder Filme sie mochten. Doch Yara hatte eine Leichtigkeit an sich, die Nia entspannte. Es war, als würde das Gewicht der Welt für einen Moment von ihren Schultern genommen.

Yara sprach mit Begeisterung von ihren Reisen, von einem Sommer in Portugal, wo sie den perfekten Sonnenuntergang gesehen hatte, und von einer Reise nach Japan, wo sie in Kyoto die Ruhe der alten Tempel erlebte. „Ich denke oft darüber nach, wie wir als Menschen alle eine Geschichte haben", sagte Yara und lehnte sich zurück. „Aber die meisten von uns erzählen sie nie."

Nia nickte, aber in ihr regte sich eine leise Unruhe. Welche Geschichte hätte sie zu erzählen? Was war an ihr mehr als diese seltsamen Erinnerungen, die sie immer wieder in ihrem Kopf sah? Sie spürte, wie sich die Distanz zwischen ihrer inneren Welt und der Realität wie ein Graben auftat, doch Yaras Worte hatten etwas, das sie gleichzeitig beruhigte und forderte.

Als die Unterhaltung flüssiger wurde, spürte Nia, wie sich eine kleine Flamme in ihr entzündete. Vielleicht, nur vielleicht, war Yara anders. Und mit diesem Gedanken begann ein zarter Hoffnungsschimmer, ihren Abend zu erhellen.

Nia folgte der Frau, die sich als Yara vorgestellt hatte, aus dem Café hinaus. Draußen umfing sie die frische Abendluft, durchsetzt von den Gerüchen der Stadt: Abgase, warme Brezeln und das leicht modrige Aroma des nahen Flusses. Yara zog ihre Jacke enger um die Schultern, warf einen Blick über ihre Schulter und lächelte Nia an, ein Lächeln, das sorglos und anziehend zugleich war. Es war ein Lächeln, das versprach, dass dieser Abend anders sein könnte als die anderen.

„Lass uns einfach ein bisschen herumwandern", schlug Yara vor, während sie die ersten Schritte in die belebte Straße machte. „Ich kenne da ein kleines Plätzchen am Wasser, das ist perfekt, um die Gedanken treiben zu lassen."

Nia nickte, obwohl sie sich nicht sicher war, ob sie wirklich bereit war, ihre Gedanken treiben zu lassen. Sie hatte sich in den letzten Tagen oft gefragt, warum sie immer wieder in solche Situationen geriet – diese kurzen, intensiven Begegnungen mit Menschen, die sie ebenso schnell enttäuschten, wie sie in ihr Interesse geweckt hatten. Doch Yara schien anders. Ihre Stimme hatte eine Leichtigkeit, ihre Gesten waren offen und verspielt. Vielleicht, dachte Nia, war sie diesmal nicht auf dem Weg in eine weitere Enttäuschung.

Während sie nebeneinander hergingen, begann Yara zu reden. Sie erzählte von einem Kunstprojekt, an dem sie arbeitete, von einer bevorstehenden Reise nach Spanien und von einem Abendessen, das sie für ihre Freunde geplant hatte. Ihre Worte flossen, wie die leise Musik eines Straßenmusikers, der in einer nahegelegenen Gasse spielte. Doch je länger Yara sprach, desto mehr bemerkte Nia, dass sie selbst kaum etwas sagte. Es war, als würde Yara das Gespräch lenken, die Richtung vorgeben und dabei sorgfältig darauf achten, keine zu persönlichen Details preiszugeben.

„Und was ist mit dir?" fragte Yara schließlich, blieb stehen und drehte sich zu Nia um. „Was machst du gerne, wenn du nicht gerade Kaffee trinkst und mit Fremden plauderst?" Ihr Ton war neckend, doch in ihrem Blick lag etwas wie echte Neugier.

Nia hielt inne. Sie suchte nach einer Antwort, die authentisch klang, ohne zu viel von sich preiszugeben. „Ich schreibe manchmal in mein Tagebuch", sagte sie schließlich, ihre Stimme zögernd. „Es hilft mir, die Dinge zu ordnen. Und ich gehe gerne spazieren, so wie jetzt."

„Das klingt... beschaulich", erwiderte Yara, und Nia konnte nicht sagen, ob das als Kompliment gemeint war oder nicht. Doch Yara lächelte, und das reichte, um Nia für den Moment zu beruhigen.

Sie setzten ihren Weg fort und erreichten bald das Ufer des Flusses. Yara führte sie zu einer kleinen Aussichtsplattform, die von hohen Laternen beleuchtet wurde. Das Wasser glitzerte im Licht, während die Stadt in der Ferne leise summte. Yara lehnte sich gegen das Geländer, drehte sich zu Nia und musterte sie einen Augenblick lang schweigend.

„Du bist irgendwie... anders", sagte sie dann, ihre Stimme leise und fast nachdenklich. „Du hast eine Ruhe an dir, weißt du? Das sieht man selten."

Nia spürte, wie sich ihre Schultern entspannten. „Danke", sagte sie leise. Doch innerlich begann sie zu grübeln. War das wirklich ein Kompliment? Oder war es Yaras Art, eine Distanz zu wahren? Sie wollte die Worte analysieren, wollte herausfinden, ob es eine versteckte Bedeutung gab, doch Yaras Lächeln hinderte sie daran. Es war das Lächeln einer Frau, die gewohnt war, zu flirten, ohne sich wirklich zu binden.

„Ich mag diese Stadt", fuhr Yara fort, den Blick auf das Wasser gerichtet. „Manchmal fühlt sie sich an wie ein endloses Abenteuer. Aber manchmal..." Sie zögerte, bevor sie den Satz beendete. „...ist es auch ein Ort, an dem man sich unglaublich einsam fühlen kann."

Nia nickte. Sie verstand das Gefühl nur zu gut. „Ich glaube, Einsamkeit ist nicht der schlimmste Zustand", sagte sie nachdenklich. „Schlimmer ist es, mit Menschen zusammen zu sein und sich trotzdem allein zu fühlen."

Yara warf ihr einen raschen, prüfenden Blick zu, bevor sie wieder lächelte. „Du bist wirklich etwas

Besonderes", sagte sie. „Ich wette, du hast eine Menge Geschichten, die du erzählen könntest."

Nia lachte leise, doch es war ein Lachen, das sich schwer anfühlte. Geschichten, dachte sie. Vielleicht hatte sie Geschichten, aber keine, die sie wirklich verstanden hatte. Und das größte Geheimnis war sie selbst – ein Rätsel, das sie noch immer nicht lösen konnte.

Sie sprachen noch eine Weile, doch das Gespräch blieb an der Oberfläche. Nia erzählte von den Büchern, die sie las, und Yara sprach von den Partys, die sie besuchte. Die Distanz zwischen ihren Welten wurde spürbar, und doch klammerte sich Nia an die Hoffnung, dass es möglich war, eine Brücke zu schlagen.

Als sie schließlich den Rückweg antraten, fühlte sich Nia gleichzeitig schwer und leicht. Sie wusste nicht, ob dieser Abend mehr war als eine weitere flüchtige Begegnung, doch für den Moment hielt sie sich an die Möglichkeit fest. Denn manchmal, dachte sie, reicht es, wenn man nur an die Möglichkeit glaubt.

In den Tagen nach ihrem ersten Treffen mit Yara war Nias Welt ein wenig lebhafter geworden. Ihre Routine – die endlosen Schichten im Büro, die einsamen Stunden in ihrer Wohnung – wurde plötzlich unterbrochen von Nachrichten auf ihrem Telefon, kurzen Treffen in Cafés und abendlichen Spaziergängen durch die beleuchteten Straßen von Williamsburg.

Yara hatte etwas Leichtes an sich, etwas, das Nia faszinierte. Sie lachte viel, erzählte Geschichten über ihre Reisen und sprach über ihre Träume, eine eigene Kunstgalerie zu eröffnen. Ihre Begeisterung war ansteckend, und Nia ließ sich von dieser Energie mitreißen. Doch während Yara in Anekdoten über vergangene Abenteuer schwelgte, fiel Nia auf, dass die Frau selten Fragen stellte. Es war, als ob sie in ihrem eigenen Licht glänzen wollte, ohne den Schatten anderer zuzulassen.

Trotzdem genoss Nia die Zeit mit ihr. Ihre Tage begannen früh, mit dem Wecker klingeln und dem ersten Kaffee in ihrer stillen Küche. Nach der Arbeit, die ihr zunehmend mechanisch erschien, wartete oft schon eine Nachricht von Yara auf ihrem Telefon: *„Lust auf einen Spaziergang? Ich kenne einen tollen Ort."*

Diese Treffen waren wie kleine Fluchten aus der Monotonie. Die Abende verbrachten sie oft an Orten, die Nia nie alleine besucht hätte – ein kleines italienisches Bistro mit handgemachten Kerzen, eine Galerieeröffnung, wo Yara lebhaft mit den Künstlern sprach, oder einfach eine Bank im Park, wo sie über das Leben philosophierten.

Doch je mehr Zeit sie mit Yara verbrachte, desto deutlicher spürte Nia eine Lücke zwischen ihnen. Während Yara von den Höhen ihres Lebens sprach, blieb sie stumm, unfähig, ihre eigenen Abgründe zu teilen. Ihr innerer Monolog war unaufhörlich: *„Warum fühle ich mich trotzdem einsam? Sollte das nicht genug sein?"*

Eines Abends, während sie nebeneinander auf einer Bank saßen und die funkelnden Lichter der Stadt betrachteten, fragte Nia vorsichtig: „Was bedeutet dir all das? Diese Orte, diese Erlebnisse... fühlst du dich ihnen wirklich verbunden?"

Yara drehte sich zu ihr und lachte leise. „Das Leben ist dazu da, es zu genießen, Nia. Warum alles so ernst nehmen?"

Die Antwort hinterließ bei Nia einen bitteren Nachgeschmack. Es war nicht das, was sie hören wollte, aber sie nickte dennoch und lächelte schwach. Sie wollte diese Verbindung nicht verlieren, auch wenn sie tief in ihrem Inneren spürte, dass sie vielleicht nach etwas suchte, das Yara nicht geben konnte.

Die Tage vergingen, und Nia hing sich an jeden Moment, den sie mit Yara verbrachte, wie ein Ertrinkender an ein Stück Treibholz. Doch die Frage, ob diese Beziehung wirklich die Leere in ihr füllen konnte, blieb wie ein leises Flüstern in ihrem Kopf.

Die Nacht war still, abgesehen vom gelegentlichen Rauschen der vorbeifahrenden Autos vor Nias Fenster. Sie saß in ihrer kleinen Küche, die Tasse Tee vor ihr längst erkaltet. Das weiche Licht der Lampe über ihr warf Schatten auf die leeren Seiten ihres Tagebuchs. Nia wollte schreiben, doch die Worte wollten nicht kommen. In ihrem Kopf hallten Yaras Worte wider: „Du bist zu intensiv, Nia. Ich glaube, ich brauche jemanden, der… unkomplizierter ist."

Es war nicht das erste Mal, dass sie das hörte. Aber diesmal schmerzte es mehr. Sie hatte sich für Yara geöffnet, mehr als sie je für jemanden getan hatte. Die gemeinsamen Spaziergänge, die Abende voller Lachen und der Austausch von Träumen und Wünschen – all das hatte sie glauben lassen, dass diese Verbindung anders sein könnte. Doch Yara hatte sie im entscheidenden Moment abgewiesen, und mit einem kurzen, fast beiläufigen Satz war die Illusion zerstört.

Nia schloss die Augen und lehnte den Kopf gegen die kühle Rückwand ihres Stuhls. Ihr innerer Monolog setzte ein, ungefiltert und voller Zweifel: *„Was mache ich falsch? Warum scheint niemand das zu sehen, was ich geben kann?"* Die Frage blieb unbeantwortet, wie ein Echo, das sich in den leeren Räumen ihrer Gedanken verlor.

Ihr letztes Treffen mit Yara hatte harmlos begonnen. Sie hatten sich in einem kleinen Bistro getroffen, Nia mit einem Buch in der Hand, Yara strahlend wie immer. Doch als Nia versuchte, tiefer zu gehen – über die Einsamkeit zu sprechen, die sie oft verspürte, über das Gefühl, nie wirklich irgendwo dazuzugehören – hatte sich Yaras Lächeln verändert. Es war fester geworden, künstlich, als hätte sie einen Schutzschild hochgezogen.

„Weißt du", hatte Yara gesagt, während sie ihren Löffel in der Kaffeetasse kreisen ließ, „ich finde es schön, dass du so… offen bist. Aber manchmal habe ich das Gefühl, dass du die Dinge komplizierter machst, als sie sein müssten."

Nia hatte zunächst geschwiegen, unsicher, wie sie reagieren sollte. Sie hatte gedacht, Yara würde es schätzen, dass sie ihre innersten Gedanken mit ihr teilte. Stattdessen fühlte sie sich plötzlich bloßgestellt, als hätte sie eine Schwäche offenbart, die sie besser verborgen gehalten hätte.

„Kompliziert?" hatte sie schließlich gefragt, ihre Stimme leise und zögerlich. „Ich dachte, du würdest es verstehen."

Yara hatte nur die Schultern gezuckt. „Ich verstehe es, irgendwie. Aber ich bin nicht sicher, ob ich der richtige Mensch dafür bin."

Das Gespräch war bald danach beendet, und die Distanz zwischen ihnen hatte sich spürbar vergrößert. Nia hatte versucht, die Stimmung zu retten, doch Yara hatte mit beiläufigen Bemerkungen und einem Blick auf ihr Handy signalisiert, dass sie das Interesse verloren hatte. Der Abschied war kurz gewesen, fast kalt. Kein Lächeln, keine Wärme, nur ein leises „Pass auf dich auf" von Yara, bevor sie in einem Taxi verschwand.

Jetzt, in der Stille ihrer Wohnung, ließ Nia die Begegnung noch einmal Revue passieren. *„Bin ich wirklich so intensiv? Verlange ich zu viel?"* fragte sie sich, während sie gedankenverloren über die Tischplatte strich. Ihre Gedanken schweiften zu Lilly, die ihr in letzter Zeit immer wieder durch den Kopf ging. Lilly, die ebenso verletzt und verloren schien, aber dennoch eine Echtheit an sich hatte, die Nia tröstete.

Doch der Gedanke an Lilly brachte keine Erleichterung. Er verstärkte nur die Frage, ob sie jemals jemanden finden würde, der sie akzeptierte – all ihre Facetten, ihre Unsicherheiten, ihre Sehnsüchte.

Nia erhob sich schließlich und ging zum Fenster. Der Mond war hinter den Wolken verborgen, und die Straßenlaternen tauchten die Welt in ein fahles Licht. Sie hatte gehofft, dass Yara ihre Einsamkeit mildern könnte, dass sie eine Brücke bauen könnte zu etwas Echtem, etwas Bleibendem. Doch stattdessen hatte sie nur eine weitere Enttäuschung erlebt, die sich wie eine Narbe in ihre Gedanken einbrannte.

„Vielleicht ist das einfach, wer ich bin", flüsterte sie zu sich selbst, während sie ihre Stirn gegen die kühle Fensterscheibe lehnte. Der Gedanke war bitter, aber es war ein Gedanke, den sie nicht mehr loswerden konnte.

KAPITEL 5

Die Nacht zog sich hin, und als der erste Lichtstrahl des Morgens durch die Vorhänge brach, fühlte Nia sich, als hätte sie einen weiteren Teil von sich selbst verloren. Doch tief in ihrem Inneren regte sich ein leiser, beharrlicher Gedanke: Vielleicht war es an der Zeit, sich mit jemandem zu öffnen, der sie wirklich verstehen konnte. Lillys Gesicht schob sich in ihre Gedanken, und für einen kurzen Moment fühlte Nia einen Funken Hoffnung, bevor die Einsamkeit sie erneut einhüllte.

Die Wohnung war still, abgesehen von dem gleichmäßigen Summen des Kühlschranks in der kleinen Küche. Nia saß auf ihrem schlichten Holzstuhl am Tisch und starrte auf das offene Tagebuch vor sich. Ihre schlanken Finger ruhten auf der leeren Seite, der Stift lag daneben, als hätte er selbst keine Energie, Worte zu formen. Der Abend mit Yara hatte etwas in ihr aufgewühlt, etwas, das sie nicht in Worte fassen konnte.

Ihre Gedanken waren ein Wirrwarr. Sie wollte den Funken spüren, dieses Gefühl der Verbundenheit, das in den Büchern und Filmen beschrieben wurde, aber alles, was blieb, war Leere. Sie seufzte und nahm den Stift.

„Warum gelingt es mir nicht?" schrieb sie langsam und hielt inne, um die Worte anzustarren, als könnten sie ihr eine Antwort geben.

Ihre Hand zitterte leicht, als sie weiterschrieb. „Ich habe alles versucht. Ich höre zu. Ich lächle. Ich sage die richtigen Dinge. Warum fühle ich mich trotzdem, als wäre ich ein Fremdkörper in meinem eigenen Leben?"

Die Stille um sie herum wurde drückend. Sie legte den Stift weg und rieb sich die Schläfen. Da war dieses Gefühl, eine vage Unruhe, die sie nicht abschütteln konnte. Es war, als ob sie ein Puzzle war, das nie vollständig zusammengesetzt werden konnte.

Ihre Gedanken wanderten zurück zu Yaras Kommentar: „Du bist zu intensiv." Die Worte hatten sich wie Dornen in ihre Haut gebohrt, eine Erinnerung daran, dass sie nie wirklich verstanden wurde.

Ein leises Klopfen an der Tür riss sie aus ihren Gedanken. Sie sah auf und blinzelte, unsicher, ob sie es sich eingebildet hatte. Doch da war es wieder – ein sanftes, beinahe zögerliches Klopfen.

„Nia? Bist du da?" Lillys Stimme war gedämpft, aber ihre Besorgnis war deutlich zu hören.

Nia stand langsam auf und öffnete die Tür. Lilly stand davor, ein scheues Lächeln auf den Lippen. Ihre Haare waren leicht zerzaust, und sie hielt eine kleine Tüte mit Gebäck in der Hand.

„Ich wollte nur… nachsehen, ob alles in Ordnung ist," sagte Lilly und hob die Tüte. „Ich habe zu viel gekauft und dachte, vielleicht möchtest du etwas davon."

Nia zögerte, dann trat sie einen Schritt zurück und öffnete die Tür weiter. „Komm rein."

Lilly trat ein, stellte die Tüte auf den Tisch und musterte Nia mit ihren warmen, forschenden Augen. „Du siehst müde aus," bemerkte sie vorsichtig.

„Es war ein langer Tag," antwortete Nia und setzte sich zurück an den Tisch.

Lilly folgte ihr und zog einen Stuhl heran. Sie holte zwei Stücke Gebäck aus der Tüte und reichte eines davon Nia, die es mit einem dankbaren Nicken annahm.

„Manchmal hilft etwas Süßes," sagte Lilly und biss in ihr Stück.

Die beiden saßen eine Weile schweigend da, nur das leise Knistern des Gebäcks und das Summen des Kühlschranks waren zu hören. Schließlich legte Lilly ihre Hand auf den Tisch und sah Nia an.

„Du musst nicht reden, wenn du nicht willst," sagte sie sanft. „Aber ich bin hier, falls du es doch möchtest."

Nia spürte einen Kloß in ihrem Hals. Die Worte, die sie in ihrem Tagebuch nicht finden konnte, stauten sich in ihr auf, drängten an die Oberfläche. Sie blickte Lilly an, deren Augen sie ermutigten, und begann zu sprechen.

„Ich weiß nicht, was mit mir nicht stimmt," begann sie leise. „Es ist, als ob ich immer alles richtig mache, aber trotzdem... nichts davon echt ist."

Lillys Stirn legte sich in sanfte Falten, aber sie sagte nichts, ließ Nia reden.

„Ich versuche, Verbindungen zu knüpfen, Menschen zu verstehen, aber es fühlt sich immer an, als würde ich nur... kopieren, was sie wollen. Ich weiß nicht, wer ich bin, und manchmal..." Sie hielt inne und suchte nach den richtigen Worten. „...manchmal habe ich das Gefühl, dass ich es nie herausfinden werde."

Lilly legte eine Hand auf Nias Arm. Die Geste war warm und beruhigend, und Nia spürte zum ersten Mal an diesem Tag, wie sich ein Teil der Anspannung in ihr löste.

„Manchmal," sagte Lilly nachdenklich, „fühlt es sich für mich genauso an. Als ob ich in einer Rolle gefangen bin, die ich nicht gewählt habe."

Nia sah sie an, überrascht von der Offenheit in Lillys Stimme. „Du auch?"

Lilly lächelte schwach. „Ich denke, das tun wir alle, irgendwie. Aber weißt du, was ich gelernt habe? Manchmal ist es okay, nicht alles zu wissen.

Manchmal reicht es, einfach nur da zu sein und sich selbst zu erlauben, zu fühlen."

Die Worte drangen tief in Nia ein, und sie nickte langsam. Für einen Moment fühlte sie sich weniger allein.

Die beiden saßen noch eine Weile zusammen, sprachen wenig, aber die Stille war nicht unangenehm. Als Lilly schließlich ging, hinterließ sie eine Wärme in der Wohnung, die zuvor nicht da gewesen war.

Nia sah ihr Tagebuch auf dem Tisch an und griff nach dem Stift. Dieses Mal schrieb sie keine Fragen auf, sondern nur ein einziges Wort: *„Hoffnung."*

KAPITEL 6

Das Klingeln ihres Handys holte Nia aus ihrer Starre. Sie saß am kleinen Esstisch in ihrer Wohnung, der übersät war mit den Überbleibseln eines unspektakulären Tages: eine halb geleerte Tasse Tee, ein aufgeschlagenes Buch, das sie nicht wirklich las, und ihr Tagebuch, das sie schon seit Stunden anstarrte, ohne etwas hineinzuschreiben. Auf dem Display erschien Lillys Name.

„Hi, Lilly," antwortete Nia zögernd, ihre Stimme leise, fast zaghaft.

„Hey, ich wollte nur sehen, wie es dir geht. Du warst in den letzten Tagen so still," kam Lillys Stimme durch die Leitung, warm und voller Sorge. „Hast du Lust, heute Abend zu mir ins Atelier zu kommen? Ich habe ein bisschen Wein da, und ich könnte etwas Gesellschaft vertragen."

Nia biss sich auf die Unterlippe. Der Gedanke an Gesellschaft fühlte sich überwältigend an, und doch hatte Lillys Einladung etwas Beruhigendes. „Ich weiß nicht... ich bin heute irgendwie nicht so gut drauf."

„Gerade dann solltest du kommen," drängte Lilly sanft. „Keine Erwartungen, kein Druck. Nur wir zwei und ein bisschen Wein. Du kannst einfach du selbst sein."

Etwas in Lillys Stimme – diese Mischung aus Beharrlichkeit und Wärme – ließ Nia schließlich einwilligen. „Okay. Ich komme."

Das Atelier war genauso, wie Nia es in Erinnerung hatte: chaotisch, lebendig und voller Farben. Leinwände in verschiedenen Größen lehnten an den Wänden, einige halbfertig, andere mit kräftigen Pinselstrichen vollendet. Der Raum roch nach Farbe und Holz, gemischt mit dem subtilen Duft von Wein, der bereits in zwei Gläsern auf einem niedrigen Tisch bereitstand.

„Setz dich," sagte Lilly, als Nia zögernd den Raum betrat. Sie nahm Nia ihren Mantel ab und deutete auf eine gemütliche Ecke mit einem kleinen Sofa, das mit bunten Kissen übersät war.

Nia ließ sich langsam nieder, ihre Schultern immer noch angespannt. Lilly reichte ihr ein Glas Wein und setzte sich neben sie. „Du siehst aus, als hättest du eine Umarmung nötig," sagte sie mit einem sanften Lächeln.

Nia blickte zu Lilly, ihre Augen suchten nach einer Antwort, die sie selbst nicht hatte. „Es war... einfach viel in letzter Zeit."

Lilly nickte verständnisvoll. „Dann ist es gut, dass du hier bist. Manchmal hilft es, einfach den Kopf freizubekommen. Weißt du, als ich dieses Atelier zum ersten Mal betreten habe, war ich an einem ziemlich dunklen Ort. Ich dachte, ich könnte niemals wieder etwas Schönes erschaffen. Aber dieser Raum... er hat mir geholfen, mich selbst zu finden."

Nia nippte an ihrem Wein, die Wärme der Flüssigkeit breitete sich in ihr aus. Sie schaute sich um, ihre Augen wanderten über die farbenfrohen Leinwände, die wie Fenster in Lillys Seele wirkten. „Es fühlt sich hier... sicher an," sagte sie schließlich leise.

„Das ist es auch," antwortete Lilly, ihre Stimme kaum mehr als ein Flüstern. „Hier kannst du einfach du sein."

Die Musik im Hintergrund wechselte zu einem langsameren Stück, die Melodie war sanft und melancholisch. Lilly stand auf und ging zu einer Leinwand, die an der Wand lehnte. „Ich arbeite gerade an etwas Neuem," sagte sie und deutete auf die Leinwand. „Willst du es sehen?"

Nia nickte, ihre Neugier geweckt. Sie folgte Lilly und betrachtete das Werk: ein Porträt einer Frau, deren Gesicht von einem intensiven Licht umrahmt war, das ihre Züge weich und dennoch kraftvoll erscheinen ließ. Die Augen der Frau schienen direkt in Nias Seele zu blicken.

„Sie ist wunderschön," murmelte Nia, fast ehrfürchtig.

„Ich wollte etwas malen, das Stärke und Verletzlichkeit vereint," erklärte Lilly, während sie mit ihren Fingern sanft über die Leinwand fuhr. „Es ist noch nicht fertig, aber ich wollte diese Balance einfangen… weißt du, das Gefühl, sich gleichzeitig verloren und gefunden zu fühlen."

Nia konnte nicht anders, als sich von den Worten und dem Bild berühren zu lassen. „Es ist, als ob sie… alles versteht," sagte sie schließlich.

Lilly drehte sich zu ihr um, ihre Augen trafen Nias. „Manchmal glaube ich, dass die besten Kunstwerke, die sind, die etwas in uns auslösen, was wir nicht in Worte fassen können."

Nia nickte stumm, ihre Kehle war plötzlich wie zugeschnürt. Sie fühlte sich von Lillys Präsenz beruhigt und gleichzeitig aufgewühlt, als ob Lilly all die Fragen in ihr hervorrief, die sie bisher zu vermeiden versucht hatte.

Der Abend verlief weiter in dieser stillen, intimen Atmosphäre. Die beiden Frauen redeten über Kunst, über Träume, und manchmal auch über gar nichts, während die Zeit scheinbar stehen blieb.

Lilly nahm einen tiefen Schluck Wein und sah Nia mit einem leichten Lächeln an. „Weißt du, manchmal hilft es, einfach die Gedanken auf eine Leinwand zu werfen. Ohne Plan, ohne Erwartungen. Einfach loslassen."

Nia betrachtete die Leinwand, die Lilly bereits auf der Staffelei platziert hatte, und fühlte, wie sich die vertraute Unsicherheit in ihr ausbreitete. Die Farben, die Pinsel, all das kreative Chaos um sie herum wirkte einschüchternd, fast erdrückend. Sie erinnerte sich daran, wie sie bei ihrem letzten Besuch einen Baum gemalt hatte – schlicht, einfach, beinahe naiv. Lilly hatte ihn gelobt, ja, aber Nia hatte gespürt, dass ihre Bemühungen im Vergleich zu Lillys Kunst banal waren.

„Ich weiß nicht, ob das wirklich eine gute Idee ist," sagte sie zögernd und verschränkte die Arme. „Ich bin keine Künstlerin, Lilly."

Lilly lehnte sich lässig gegen ihren Arbeitstisch, ein Glas Rotwein in der Hand, und schenkte Nia ein aufmunterndes Lächeln. „Es geht doch nicht darum, perfekt zu sein. Kunst ist kein

Wettbewerb. Es ist ein Weg, zu dir selbst zu finden."

Nia seufzte. „Ich habe das Gefühl, ich verliere mich jedes Mal mehr, wenn ich es versuche."

Lilly trat näher, stellte ihr Glas ab und legte eine Hand auf Nias Arm. „Manchmal musst du dich verlieren, um dich wiederzufinden. Du hast das letzte Mal etwas Schönes erschaffen. Warum nicht wieder?"

Nia zögerte noch immer, als sie schließlich den Pinsel in die Hand nahm. Der glatte Griff fühlte sich kalt an, ungewohnt, wie ein Fremdkörper in ihrer Hand. Sie sah zu Lilly, die sie ermutigend ansah. Es war nicht Lillys Blick, der sie dazu brachte, den ersten Strich zu ziehen, sondern die plötzliche Erkenntnis, dass sie sich selbst diese Chance geben musste. Für sich, nicht für Lilly.

Sie tauchte den Pinsel in ein zartes Blau und setzte den ersten Strich. Er war zittrig, beinahe unbeholfen. Sie biss sich auf die Lippe und blickte Lilly unsicher an. „Ich... ich weiß nicht, was ich mache."

Lilly lachte leise. „Perfekt. Genau so soll es sein."

Nia zog einen weiteren Strich und dann noch einen. Langsam begann eine Form zu entstehen – ein Horizont, wie sie ihn in ihren Erinnerungen glaubte zu kennen. Ein weiter Himmel, in dem sich Blau mit hellem Weiß vermischte. Es war nichts Konkretes, nichts Kompliziertes, aber für

Nia fühlte es sich an wie ein Abbild ihrer inneren Welt: weit, leer, mit einem Hauch von Licht.

Während sie malte, spürte Nia, wie ihre Gedanken abschweiften. Warum fühlte sie sich immer so leer? Sie dachte an die Menschen, die sie getroffen hatte, an die flüchtigen Momente, in denen sie geglaubt hatte, dazuzugehören. Es war, als ob sie nie genug war – nie echt genug, nie gut genug. Aber warum? Diese Frage schwebte wie ein Schatten über ihr, unfassbar und doch allgegenwärtig.

„Es ist faszinierend, dich so vertieft zu sehen," sagte Lilly plötzlich, ihre Stimme sanft und doch voller Interesse.

Nia schreckte aus ihren Gedanken auf und sah zu Lilly, die neben ihr stand und das entstehende Bild betrachtete. „Es ist nichts Besonderes," murmelte sie, „nur... Linien und Farben."

Lilly schüttelte den Kopf. „Du erzählst eine Geschichte. Vielleicht merkst du es nicht, aber sie ist da. Und sie ist schön."

Für einen Moment wusste Nia nicht, wie sie reagieren sollte. Lob fühlte sich für sie immer fremd an, wie etwas, das sie nicht verdiente. Aber Lillys Worte klangen ehrlich, ohne dass oft mitschwingende Mitleid, das sie sonst in solchen Momenten spürte. Es war ein Lob, das sie annehmen wollte – nicht, weil sie sich dazu verpflichtet fühlte, sondern weil sie es brauchte.

„Danke," sagte sie leise und legte den Pinsel zur Seite. Sie betrachtete ihr Werk, das noch unfertig war, aber bereits eine Form angenommen hatte, die sie berührte. Es war kein Meisterwerk, das wusste sie, aber es war ein Stück von ihr. Ein Ausdruck, den sie sonst nur schwer fand.

„Vielleicht hast du recht," fügte sie hinzu, „vielleicht ist es gar nicht so schlimm, sich zu verlieren."

Lilly lächelte und hob ihr Glas, als wolle sie einen stillen Toast auf Nias Worte aussprechen. „Manchmal ist das der einzige Weg, um herauszufinden, wer man wirklich ist."

Nia konnte sich ein kleines Lächeln nicht verkneifen. Zum ersten Mal fühlte sie, dass sie einen Schritt näher daran war, genau das herauszufinden.

Die warme Beleuchtung des Ateliers tauchte den Raum in ein goldenes Glühen, während die letzten Sonnenstrahlen durch die hohen Fenster schienen. Lilly saß auf dem alten Sofa, ihre Beine unter sich geschlagen, ein Glas Rotwein in der Hand. Nia saß ihr gegenüber auf einem Hocker, den Blick auf das halbvolle Glas in ihrer Hand gerichtet, als hätte sie Angst, es könnte sie verraten.

„Weißt du," begann Lilly und wirkte dabei nachdenklich, „manchmal frage ich mich, warum ich das alles mache." Sie deutete mit einer beiläufigen Geste auf die umstehenden Leinwände, die Malutensilien und das Chaos ihres kreativen Lebens.

Nia blickte auf und sah, wie sich eine Mischung aus Melancholie und Nachdenklichkeit in Lillys Gesicht spiegelte. „Du bist eine Künstlerin," sagte Nia leise, „das ist doch, wer du bist, oder?"

Lilly lachte trocken. „Das ist das Problem. Manchmal weiß ich nicht, wer ich bin. Kunst ist…" Sie hielt inne, als suche sie nach den richtigen Worten. „Es ist alles für mich, aber auch eine Last. Ich liebe es, aber ich hasse es auch. Es ist, als ob ich ständig in einem Wettbewerb mit mir selbst stehe. Immer das nächste große Werk, immer die Angst, dass ich nicht gut genug bin."

Nia konnte die Schwere in Lillys Worten spüren. Sie setzte das Glas ab und lehnte sich leicht vor. „Aber du bist gut. Deine Werke… sie haben etwas. Ich habe es gesehen, Lilly. Du schaffst etwas, das andere berührt."

Lilly schüttelte den Kopf. „Das sagst du, aber die Welt da draußen? Galerien, Kritiker, Käufer? Sie sehen mich kaum. Ich bin nur eine von vielen, die versuchen, etwas Besonderes zu sein. Und weißt du, was das Schlimmste ist? Manchmal glaube ich, sie haben recht. Vielleicht bin ich einfach nicht gut genug."

Ihre Stimme brach leicht, und Nia spürte einen scharfen Stich in ihrer Brust. Sie wollte etwas sagen, etwas Tröstendes, aber die Worte schienen nicht genug zu sein. Stattdessen reichte sie langsam ihre Hand aus und legte sie auf Lillys. Lilly sah auf, überrascht von der Geste, doch sie zog ihre Hand nicht weg.

„Ich glaube nicht, dass es darum geht, gut genug zu sein," sagte Nia schließlich, ihre Stimme leise, fast flüsternd. „Vielleicht geht es darum, ehrlich zu sein. Mit dir selbst, mit deiner Kunst. Und das bist du, Lilly. Ehrlich."

Lilly lächelte schwach und drückte Nias Hand kurz, bevor sie sie losließ und einen großen Schluck Wein trank. „Du bist seltsam," sagte sie mit einem Anflug von Humor, „aber auf eine gute Art."

Nia konnte sich ein leichtes Lächeln nicht verkneifen. „Das höre ich nicht zum ersten Mal."

Es entstand eine Stille zwischen ihnen, aber es war keine unangenehme. Sie saßen einfach da, zwei Menschen, die in ihren eigenen Gedanken verloren waren und doch das Gefühl hatten, nicht allein zu sein. Schließlich war es Nia, die die Stille brach.

„Manchmal fühle ich mich... verloren," begann sie zögernd. Sie konnte spüren, wie Lillys Aufmerksamkeit sich auf sie richtete, und das machte es schwerer, weiterzusprechen. Aber irgendetwas an diesem Moment, an Lilly, machte es auch leichter. „Es ist, als ob ich nicht wirklich hierhergehöre. Egal, was ich tue, ich fühle mich immer ein bisschen außen vor. Als ob etwas fehlt, aber ich weiß nicht, was es ist."

Lilly sah sie mit einer Intensität an, die Nia fast aus dem Gleichgewicht brachte. „Ich glaube, das fühlen wir alle manchmal," sagte Lilly schließlich. „Aber bei dir... es ist anders, oder? Es fühlt sich größer an."

Nia nickte, unfähig, ihre Gedanken in Worte zu fassen. Stattdessen griff sie wieder nach ihrem Glas und nahm einen kleinen Schluck. Der Wein brannte leicht in ihrer Kehle, aber es war ein angenehmes Brennen, das sie daran erinnerte, dass sie noch da war, noch lebte, auch wenn sie sich oft nicht sicher war, was das bedeutete.

„Danke, dass du mir zuhörst," sagte Lilly nach einer Weile. „Es ist... selten, dass jemand das tut, ohne mich zu bewerten."

„Ich könnte dasselbe über dich sagen," antwortete Nia leise, und ein Hauch von Wärme durchflutete den Raum.

In diesem Moment war alles still, alles einfach. Zwei Seelen, die sich begegneten, ohne dass die Welt um sie herum wirklich zählte. Und für einen kurzen Augenblick fühlte Nia, dass sie genau dort war, wo sie sein sollte.

Der Abend war still und friedlich zur Neige gegangen. Die letzten Worte des Gesprächs hallten noch in der Luft nach, während Lilly und

Nia gemeinsam aufstanden. Die Weinflaschen standen leer auf dem Tisch, und die Atmosphäre des Ateliers hatte sich verändert—intimer, ruhiger, fast greifbar voller unausgesprochener Emotionen.

Lilly lächelte sanft, als sie zur Tür schritt, gefolgt von Nia. „Es war schön, dass du heute gekommen bist," sagte sie, ihre Stimme warm und ehrlich. „Ich glaube, ich hätte den Abend nicht allein verbringen wollen."

Nia nickte leicht, unsicher, wie sie die Wärme in Lillys Worten deuten sollte. „Danke, dass du mich eingeladen hast. Es war... anders als alles, was ich gewohnt bin. Auf eine gute Art."

An der Tür angekommen, hielt Lilly inne und drehte sich zu Nia um. Ihre Augen suchten Nias Gesicht, als ob sie nach einer Antwort auf eine Frage suchten, die sie nicht zu stellen wagte. „Du bist wirklich besonders, weißt du?" sagte sie schließlich, ihre Stimme leise und fast scheu.

Nia spürte, wie ihre Wangen heiß wurden, obwohl sie nicht genau wusste, warum. Sie wollte etwas sagen, irgendetwas, das diese Stille füllte, die sich wie ein feiner Faden zwischen ihnen spannte. Doch bevor sie die richtigen Worte finden konnte, griff Lilly sanft nach ihrer Hand.

Ihre Finger berührten sich nur flüchtig, aber es fühlte sich für Nia an, als hätte jemand einen Funken entzündet. Lillys Hand war warm, ihre

Berührung zögerlich, als ob sie nicht sicher war, ob sie willkommen war. Doch Nia zog ihre Hand nicht zurück. Im Gegenteil, sie ließ die Berührung zu, hielt sich an diesem Moment fest, als ob er etwas Unausgesprochenes bedeutete.

Lilly atmete tief ein und schien sich innerlich zu sammeln, bevor sie ihre Arme um Nia legte. Die Umarmung war vorsichtig, fast schüchtern, aber sie war echt. Nia stand einen Moment lang steif da, überrascht von der plötzlichen Nähe. Doch dann ließ sie sich fallen, ihre Arme hoben sich langsam und schlangen sich um Lilly. Der Duft von Farbe und ein Hauch von Lavendel, der von Lilly ausging, erfüllte ihre Sinne.

Es war eine stille, verletzliche Geste, die so viel mehr sagte, als Worte es je könnten. Für Lilly fühlte es sich an, als würde sie etwas Verbotenes tun, als ob diese Nähe zu Nia eine Grenze überschritt, die sie nicht ganz verstand. Und doch konnte sie nicht zurückweichen. Sie wollte diesen Moment festhalten, wollte herausfinden, warum Nia in ihr etwas auslöste, das sie nicht erklären konnte.

Für Nia war es ein Rätsel. Diese Wärme, dieses Gefühl, als wäre sie für einen Augenblick nicht allein. Es war, als ob Lillys Umarmung einen Hohlraum in ihrem Inneren füllte, den sie nie wirklich benennen konnte. Es fühlte sich gleichzeitig vertraut und völlig neu an.

Als sie sich schließlich voneinander lösten, blieb ein Moment der Stille zwischen ihnen, wie ein unausgesprochenes Versprechen. Lilly lächelte, aber es war ein anderes Lächeln—zärtlicher, verletzlicher. „Gute Nacht, Nia," sagte sie schließlich, ihre Stimme weich und voller Emotionen.

Nia nickte langsam, ihre Augen suchten Lillys, als ob sie eine Antwort auf eine Frage finden wollte, die sie selbst nicht verstand. „Gute Nacht, Lilly," flüsterte sie, bevor sie sich umdrehte und langsam die Treppe zu ihrer Wohnung hinunterging.

Die Nachtluft war kühl, und Nia spürte, wie sie ihre Haut streichelte, als sie die Tür zu ihrer Wohnung öffnete. Sie ließ sich auf ihr Bett fallen, ihr Herz schlug schneller als gewöhnlich, und ihr Geist war erfüllt von Bildern dieses Moments. Sie hatte keine Worte für das, was passiert war, doch es fühlte sich an, als hätte sich etwas verändert.

Nia saß auf ihrem Bett, das Licht der kleinen Tischlampe tauchte den Raum in einen warmen Schein. Vor ihr lag ihr Notizbuch, die Seiten schon mit Gedanken und Beobachtungen gefüllt, die sie in stillen Momenten niedergeschrieben hatte. Sie drehte den Stift zwischen ihren Fingern, während sie nach den richtigen Worten suchte.

„Heute war ein seltsamer Tag," schrieb sie schließlich, ihre Schrift ruhig und gleichmäßig. *„Ich habe etwas gespürt, das ich nicht einordnen*

kann. Etwas, das mich verwirrt und gleichzeitig wärmt. Lilly... sie ist anders. Nicht wie die anderen Menschen, die ich getroffen habe. Sie hört zu, wirklich zu. Und sie sieht mich an, als wäre ich mehr als das, was ich zu sein scheine."

Sie hielt inne, der Stift schwebte über dem Papier, während ihre Gedanken sich überschlagen. *„Als sie mich umarmt hat, war es, als ob die Welt für einen Moment stillstand. Ich habe mich nicht allein gefühlt. Nicht verloren. Es war, als wäre ich für einen Augenblick jemand, der dazugehört."*

Nia biss sich auf die Unterlippe und schrieb weiter, ihre Hand zitterte leicht. *„Aber warum fühle ich mich so? Was ist es an ihr, das mich so sehr berührt? Ich will ihr näher sein, will sie verstehen. Doch ein Teil von mir fürchtet, dass ich sie enttäuschen könnte. Was, wenn sie erkennt, dass ich... anders bin?"*

Die letzten Worte hinterließen einen bitteren Nachgeschmack, und sie schloss das Buch mit einem leisen Seufzen. Der Gedanke, Lilly zu verlieren, bevor sie überhaupt wusste, was sie wirklich bedeutete, ließ ihr Herz schwer werden. Doch für einen Moment hielt sie an der Erinnerung an die Umarmung fest, wie an einem leisen Hoffnungsschimmer, der sie durch die Nacht tragen könnte.

Lilly, dachte sie, während sie die Augen schloss. Ihr Name fühlte sich an wie ein warmer Hauch in der Dunkelheit, ein Flüstern, das sie nicht vergessen konnte.

KAPITEL 7

Die Poststelle im Keller des Gebäudes war ein Ort ohne Zeit, ohne Veränderung. Neonlicht flutete den Raum in ein blasses, gleichmäßiges Weiß, das jeden Schatten verdrängte und alles flach erscheinen ließ. Die Luft roch nach Papier und Staub, gemischt mit dem säuerlichen Hauch alter Akten. Nia saß an einem schlichten Tisch, vor sich einen Stapel Briefe, die sortiert werden mussten. Ihre Hände bewegten sich mechanisch, sortierten nach Namen, Etagen, Abteilungen. Es war ein präzises Muster, ohne Fehler, ohne Abweichung.

„Ein Brief, ein Name, eine Schublade," murmelte sie leise vor sich hin, als wolle sie die Stille im Raum übertönen. Ihre Stimme klang fremd, als würde sie jemand anderes sprechen hören. Der Rhythmus der Arbeit war beruhigend, fast hypnotisch. Doch heute fühlte sich alles anders an. Die Monotonie, die sonst wie ein schützender Kokon um sie lag, drückte schwer auf ihre Schultern.

Ihre Gedanken wanderten zu Lilly, zu den Farben und der Wärme ihres Ateliers. Die lebendige Unordnung, die dort geherrscht hatte, stand im scharfen Kontrast zu der sterilen Gleichförmigkeit dieses Ortes. Sie sehnte sich zurück zu den Gesprächen, zu der Offenheit, die Lilly ihr entgegengebracht hatte. Doch der Gedanke brachte auch Zweifel. Was, wenn sie zu viel erwartete? Was, wenn Lilly sie irgendwann genauso ablehnen würde wie all die anderen?

Plötzlich drangen Stimmen aus dem Flur zu ihr. Zwei Kollegen standen in der Nähe des Kaffeeautomaten, ihre Unterhaltung hallte leise durch die dünnen Wände.

„Hast du gehört? Sie wollen die Poststelle automatisieren," sagte die eine Stimme, ein Mann, den sie nur flüchtig kannte.

„Echt? Das wäre ja typisch," antwortete eine Frau. „Immer geht es um Kosten und Effizienz. Die Maschinen arbeiten schneller, klar, aber was passiert mit uns?"

„Tja, wer weiß. Vielleicht brauchen sie uns bald gar nicht mehr."

Das Lachen des Mannes klang bitter. Nia spürte, wie ihre Hände innehalten. Ihre Finger umklammerten einen Brief, den sie gerade sortieren wollte. Die Worte hallten in ihr nach, als hätten sie etwas in ihr berührt, dass sie nicht benennen konnte.

„Kosten und Effizienz," flüsterte sie, ihre Stimme kaum hörbar. Es war ein Gedanke, der ihr unangenehm vertraut vorkam, als hätte sie ihn schon einmal gehört. Doch sie konnte nicht sagen, woher.

Die restliche Schicht verlief in Schweigen. Nia arbeitete wie gewohnt, ihre Hände sortierten die Briefe, ihre Bewegungen waren perfekt, ohne Verzögerung, ohne Fehler. Doch in ihrem Kopf tobte ein Sturm. Bilder von Maschinen, die Menschen ersetzten, von leeren Räumen, in denen nur die kalte Präzision von Robotern herrschte, flackerten vor ihrem inneren Auge auf. Sie wusste nicht, warum diese Gedanken sie so sehr beschäftigten, aber sie konnte sie nicht abschütteln.

Als die Schicht zu Ende war, blieb sie noch einen Moment an ihrem Platz sitzen. Ihre Kollegen waren bereits gegangen, und der Raum war still. Sie griff nach ihrem Tagebuch, das sie immer in ihrer Tasche bei sich trug, und öffnete es mit zitternden Händen. Die Worte „Kosten" und „Effizienz" schrieb sie mit großen, nachdrücklichen Buchstaben auf die leere Seite. Darunter setzte sie ein Fragezeichen. Was bedeuteten diese Begriffe für sie? Warum fühlte sie sich, als hätten sie eine persönliche Bedeutung, die sie nicht greifen konnte?

Sie schloss das Buch, steckte es zurück in ihre Tasche und verließ den Keller. Als sie nach draußen trat, begrüßte sie die Sonne, deren Licht sie blendete. Doch die Wärme erreichte sie nicht. Die Kälte in ihrem Inneren blieb.

Der kleine Park, durch den Nia jeden Tag auf dem Heimweg lief, war ein Ort der Gegensätze. Tagsüber erfüllt von Lachen, Kinderstimmen und dem Rauschen der Blätter, verwandelte er sich abends in eine stille Oase, wo nur das sanfte Summen der Straßenlaternen die Dunkelheit begleitete. Heute war es früher Nachmittag, und die Sonne warf lange, goldene Schatten auf die Wege.

Nia schlenderte gemächlich, ihre Schritte unbewusst langsam, als wolle sie den Moment hinauszögern, in dem sie ihre leere Wohnung betreten müsste. Auf einer Bank saß ein älteres Paar, das sich leise unterhielt. Der Mann hielt einen Spazierstock in der einen Hand und die Hand seiner Frau in der anderen. Ihre Stimmen waren zu leise, um sie zu verstehen, aber das Bild war ruhig, vertraut, voller unausgesprochener Nähe. Nia blieb kurz stehen, ohne es zu merken. Ihre Augen folgten dem rhythmischen Wippen des Spazierstocks, das fast wie ein Metronom wirkte.

„Wie machen sie das?" fragte sie sich leise, als sie weiterging. „Wie schaffen sie es, so... zusammen zu sein?" Es war nicht das erste Mal, dass ihr solche Gedanken kamen. In ihrer Erinnerung gab es Bilder von Zweisamkeit, von Eltern, die sich in der Küche zärtlich neckten, oder von Kindern, die gemeinsam spielten. Doch diese Szenen fühlten sich an wie Standbilder, wie etwas, das sie gesehen, aber nie wirklich erlebt hatte.

Weiter vorne auf einer Wiese spielten Kinder Fangen. Ihre schrillen Schreie und das Lachen schienen den Raum zu füllen. Eine kleine Gruppe Eltern stand am Rand, unterhielt sich, während sie ab und zu einen Blick auf die Kinder warfen. Nia setzte sich auf eine Bank, von der aus sie die Szene beobachten konnte. Die Leichtigkeit dieser Interaktionen faszinierte sie. Es war ein stilles Schauspiel, das sie nicht unterbrechen wollte. Ein Kind fiel hin, rappelte sich auf und rannte weiter, ohne dass jemand groß reagierte. Das Vertrauen in diese Unbeschwertheit war ihr fremd, und doch sehnte sie sich danach.

In ihrem Kopf formten sich Fragen. „Was unterscheidet mich von ihnen?" Ihre Hände glitten über die rauen Holzleisten der Bank, und sie spürte die Unebenheiten, die kleinen Splitter, die von unzähligen Händen und der Witterung hinterlassen worden waren. Es war beruhigend, etwas Echtes zu spüren, das von Zeit und Berührung geformt worden war. Doch in ihr blieb das Gefühl, dass sie selbst etwas war, das unberührt geblieben war, ein Objekt, das nie wirklich Teil dieser Welt gewesen war.

Auf einer anderen Bank saßen zwei junge Frauen, die eng nebeneinander lehnten. Eine von ihnen hatte den Kopf auf die Schulter der anderen gelegt, während sie gemeinsam auf ein Handy schauten und leise kicherten. Die Vertrautheit zwischen ihnen war greifbar. Nia starrte sie länger an, als sie wollte, bevor sie sich gezwungen fühlte, wegzusehen. Etwas an diesem Bild weckte in ihr ein Gefühl, das sie nicht benennen konnte. Es war nicht nur Neid oder Sehnsucht. Es war ein tiefes, nagendes Gefühl von Verlust, als hätte sie etwas Kostbares verloren, das sie nie besessen hatte.

Ihr innerer Monolog drängte sich in den Vordergrund. „Bin ich es, die nicht dazugehört? Oder bin ich es, die sich nicht traut, ein Teil davon zu sein?" Die Frage blieb unbeantwortet, aber sie fühlte, dass die Antwort irgendwo in den Schatten ihres Bewusstseins lauerte. Ein Ort, den sie nicht betreten konnte oder wollte.

Als die Sonne langsam unterging, zog ein kühler Wind durch die Bäume, und die ersten Lampen gingen an. Der Park leerte sich allmählich. Nia stand auf, ihre Bewegungen waren mechanisch, als hätte sie das Schauspiel nun beendet. Sie schloss ihren Mantel etwas enger und machte sich auf den Weg nach Hause. Doch in ihrem Inneren hallte die Leere nach, wie ein Echo in einer riesigen, dunklen Höhle.

Die Nacht war still, und das monotone Summen des Kühlschranks in der Küche war das einzige Geräusch, das Nia hörte, als sie in ihrem Bett lag. Der Tag war lang gewesen, und ihre Gedanken hatten sich wie lose Enden eines Fadens um nichts Greifbares gewickelt. Sie schloss die Augen, doch der Schlaf kam nicht sofort. Stattdessen spürte sie eine Unruhe in sich, ein

Drängen, das sie nicht einordnen konnte. Schließlich gab sie dem Gewicht ihrer Erschöpfung nach und glitt in einen unruhigen Schlaf.

Der erste Traum begann harmlos. Nia stand in einem Garten. Es war derselbe Garten, den sie in ihren Erinnerungen oft gesehen hatte – grüne Wiesen, ein Apfelbaum, dessen Zweige schwer unter der Last von Früchten hingen. Die Sonne schien warm auf ihre Haut, und ein sanfter Wind spielte mit den losen Haarsträhnen um ihr Gesicht. Doch dann änderte sich die Szene plötzlich.

Die Farben verblassten, als hätte jemand den Kontrast heruntergedreht. Der Garten wurde von einem grellen Licht durchflutet, das ihre Augen schmerzte. Sie blinzelte, aber es gab keinen Ort, an dem sie sich verstecken konnte. Als sie sich umsah, bemerkte sie, dass der Baum verschwunden war. Stattdessen stand sie in einem weißen Raum – steril, kalt, unendlich. Ihre nackten Füße fühlten den glatten Boden unter sich, kühl und unwirtlich.

Eine Stimme ertönte, metallisch und monoton, ohne erkennbare Quelle. Sie sprach Worte, die sie nicht verstehen konnte, eine Mischung aus Befehlen und Zahlen. Plötzlich erschienen schemenhafte Gestalten, gesichtslos und in klinischem Weiß gekleidet. Sie bewegten sich um sie herum, wie Geister, die sie nicht berührten, aber ihre Präsenz spürbar machten. Einer von ihnen trug ein Tablet, auf dem blinkende Diagramme zu sehen waren. Nia wollte fragen, wo sie war, aber ihre Stimme gehorchte ihr nicht.

In einem anderen Traum befand sie sich in einem Kinderzimmer. Es war vertraut, und doch war etwas daran falsch. Die Möbel waren zu perfekt angeordnet, die Farben zu gleichmäßig verteilt. Auf einem kleinen Nachttisch stand eine Lampe in Form eines Teddybären, dessen Augen sie anzustarren schienen. Ein Kind saß auf dem Bett – sie selbst, aber jünger. Das Kind hielt ein Buch in der Hand und las laut, doch die Worte klangen nicht menschlich. Es war ein seltsames Gemurmel, ein Flüstern, das in ihren Kopf drang und sich dort festsetzte.

Nia erwachte schweißgebadet, ihr Herz raste. Der Raum war dunkel, doch sie konnte die Konturen ihrer Möbel erkennen. Sie griff nach ihrem Tagebuch, das immer auf dem Nachttisch lag, und schlug es mit zittrigen Händen auf. Ihre Gedanken waren ein Chaos, und sie schrieb, ohne darauf zu achten, ob die Worte Sinn ergaben.

"Ich habe geträumt, aber es fühlte sich nicht wie ein Traum an. Es war zu klar, zu wirklich. Der Garten war da, wie immer, aber er hat sich verändert. Alles hat sich verändert. Warum gibt es diese anderen Bilder? Woher kommen diese Räume, diese Stimmen? Es sind keine

Erinnerungen. Oder sind sie es? Warum fühlt es sich an, als würde ich Dinge sehen, die ich nicht sehen sollte?"

Sie hielt inne und starrte auf die Seite, die sich langsam mit ihren Worten füllte. Ihre Gedanken waren wie Puzzleteile, die nicht zusammenpassten, und sie spürte eine wachsende Frustration in sich. Die Bilder des weißen Raumes und der gesichtslosen Gestalten drängten sich ihr auf, als wollten sie ihr etwas sagen. Doch sie verstand nicht, was.

Als der Morgen graute, legte sie das Tagebuch zur Seite und zog die Decke bis zum Kinn. Sie fühlte sich erschöpft, als hätte sie die ganze Nacht gearbeitet, und doch wusste sie, dass diese Träume etwas Bedeutendes waren. Etwas in ihr veränderte sich, ein leises Flüstern, das sie nicht ignorieren konnte.

Nia saß regungslos in ihrer kleinen Wohnung und starrte aus dem Fenster. Der Tag hatte begonnen, aber ihre Gedanken waren noch tief in der Nacht gefangen, in den Bildern, die ihre Träume hinterlassen hatten. Sie konnte das diffuse Gefühl nicht abschütteln, dass diese Träume mehr waren als ein Zufall, eine bloße Laune ihres Unterbewusstseins. Es war, als würde jemand einen Schleier vor ihren Augen lüften wollen, aber nur so weit, dass sie die Umrisse des Verborgenen erkennen konnte, ohne es tatsächlich zu sehen.

Ein leises Klopfen an der Tür holte sie aus ihren Gedanken. Es war Lilly, wie immer mit einem freundlichen Lächeln, doch heute schien etwas in ihren Augen anders zu sein – eine Art Sorge, die sie zu überspielen versuchte.

„Nia, hast du Lust, einen Tee zu trinken? Du siehst aus, als könntest du eine schöne heiße Tasse gebrauchen," sagte Lilly und neigte den Kopf leicht zur Seite. Ihre Stimme war warm, einladend.

Nia zögerte kurz, aber das Bedürfnis nach einer vertrauten Präsenz überwog ihre Unsicherheit. „Ja, das wäre schön," sagte sie schließlich und griff nach ihrer Jacke.

Die beiden gingen zu einem kleinen Café um die Ecke, das Lilly besonders mochte. Es war gemütlich, mit dunklen Holzmöbeln und einer ruhigen Atmosphäre. Während sie Platz nahmen, beobachtete Nia, wie Lilly ihren Schal ablegte und mit einer geübten Bewegung den Haarsträhnen aus ihrem Gesicht strich. Es war eine dieser kleinen Gesten, die Nia immer wieder faszinierte – eine natürliche Eleganz, die Lilly scheinbar nicht einmal bewusst war.

„Du wirkst heute so nachdenklich," begann Lilly vorsichtig, während sie die dampfende Tasse Kaffee in ihren Händen hielt. „Ist alles in Ordnung?"

Nia nahm einen Schluck von ihrem Tee und suchte nach den richtigen Worten. Es fiel ihr schwer, ihre Gedanken in klare Sätze zu fassen. „Ich hatte diese Träume... sie waren so seltsam. Sie fühlten sich realer an als meine Erinnerungen. Es war, als würde ich etwas sehen, das ich längst vergessen habe, aber... es passte einfach nicht zusammen."

Lillys Stirn legte sich in leichte Falten, während sie Nia aufmerksam ansah. „Manchmal sind Träume unsere Art, Dinge zu verarbeiten, die wir nicht verstehen. Vielleicht versuchen sie dir etwas zu sagen."

Nia lachte leise, ein bitterer Ton, der sie selbst überraschte. „Wenn das der Fall ist, dann sprechen sie in Rätseln. Ich verstehe nichts davon."

Eine Weile saßen sie schweigend da, während die Geräusche des Cafés sie umgaben. Das Klappern von Tassen, gedämpfte Gespräche, die leise Musik im Hintergrund – alles wirkte so normal, so geerdet, und doch schien es Nia, als stünde sie außerhalb dieser Welt. Lillys ruhige Präsenz war jedoch wie ein Anker, der sie daran hinderte, in ihren Gedanken zu versinken.

„Du weißt," begann Lilly schließlich und legte ihre Hand leicht auf Nias Arm, „es ist okay, sich verloren zu fühlen. Es bedeutet, dass du suchst. Und das ist besser, als einfach aufzugeben."

Nia spürte die Wärme von Lillys Berührung und sah auf. In Lillys Augen lag eine Ehrlichkeit, die sie nicht oft erlebte. Es war, als würde Lilly sie wirklich sehen, nicht nur die Fassade, die sie der Welt präsentierte.

„Danke," sagte Nia leise, ihre Stimme kaum mehr als ein Flüstern. Es war nicht viel, aber es fühlte sich für sie wie eine kleine Offenbarung an – jemand, der sie verstand, ohne alles wissen zu müssen.

Als sie später gemeinsam das Café verließen, fühlte sich Nia ein wenig leichter. Die Last ihrer Träume war nicht verschwunden, aber Lillys Worte hatten ihr etwas gegeben, das sie lange nicht gespürt hatte: Hoffnung. Es war nur ein Funke, klein und flüchtig, aber es reichte, um sie durch den Rest des Tages zu tragen.

KAPITEL 8

Nia saß in ihrem Stammcafé, eine Tasse Tee in den Händen, und ließ ihren Blick über die Gäste schweifen. Das Café war wie immer gut besucht, die Atmosphäre geprägt von einem Summen aus Gesprächen, dem Klirren von Tassen und der gedämpften Melodie eines Jazzstücks, das aus den Lautsprechern spielte. Sie fühlte sich seltsam schwer an diesem Tag, als würde die Welt ein Stück weiter von ihr entfernt sein als sonst.

Ihre Gedanken wurden unterbrochen, als die Tür aufschwang und ein Mann hereinkam. Er trug eine schwarze Lederjacke, seine dunklen Haare waren zerzaust, und ein selbstbewusstes Lächeln spielte auf seinen Lippen. Er wirkte, als gehöre ihm der Raum, ohne dabei arrogant zu erscheinen. Nia spürte, wie ihr Blick an ihm hängen blieb, etwas an seiner Präsenz schien magnetisch zu sein.

Der Mann sah sich kurz um, bevor er an die Theke trat und einen Kaffee bestellte. Dann ließ er sich an einem Tisch in ihrer Nähe nieder, zog ein Notizbuch aus der Tasche und begann zu schreiben. Nia versuchte, ihre Aufmerksamkeit zurück auf ihren Tee zu lenken, doch sie merkte, wie ihre Augen immer wieder zu ihm wanderten.

Schließlich schien er ihren Blick zu bemerken. Er hob den Kopf, sah sie direkt an und lächelte. Nia senkte instinktiv den Blick, spürte jedoch, wie ihr Gesicht heiß wurde. Nach einem Moment des Zögerns stand er auf und ging auf sie zu.

„Entschuldigung, aber ich habe bemerkt, dass Sie genauso viel über die Leute hier nachdenken wie ich," sagte er mit einer warmen, amüsierten Stimme. „Oder irre ich mich?"

Nia blickte auf, überrascht von seiner Direktheit. „Vielleicht," antwortete sie vorsichtig und merkte, wie ein kleines Lächeln ihre Lippen umspielte.

Er lachte, ein ehrliches, entspanntes Lachen, und setzte sich ungefragt zu ihr. „Ich bin Elias," stellte er sich vor und hielt ihr die Hand hin.

„Nia," erwiderte sie, zögernd seine Hand schüttelnd. Seine Berührung war fest, aber nicht aufdringlich, und sein Blick schien sie regelrecht zu durchleuchten.

Das Gespräch begann flüssig, als hätte Elias die Fähigkeit, jede Barriere mühelos zu durchbrechen. Er sprach über das Café, die Stadt und die Menschen, die er beim Schreiben beobachtete. Seine Worte waren lebendig, voller Witz und Wärme, und Nia merkte, wie sie sich langsam entspannte. Er schien nicht nur das Offensichtliche wahrzunehmen, sondern hatte eine Art, hinter die Oberfläche zu blicken.

„Und Sie?" fragte er schließlich. „Was bringt Sie her?"

Nia überlegte kurz. „Ich... mag die Ruhe hier," sagte sie ehrlich. „Und die Menschen. Es ist, als ob ich hier ein Stück Normalität finde."

Elias nickte, sein Blick für einen Moment nachdenklich. „Manchmal ist es das, was wir am meisten brauchen, oder? Ein Ort, an dem man sich ein bisschen weniger verloren fühlt."

Seine Worte trafen etwas in Nia, etwas, das sie nicht genau benennen konnte. Es war, als würde er eine Saite in ihr anschlagen, die lange unberührt geblieben war.

Das Gespräch verlagerte sich bald in eine leichtere Richtung. Sie lachten über die exzentrischen Eigenarten der Cafébesucher, tauschten Geschichten aus, und Nia spürte, wie sich eine seltsame Leichtigkeit in ihr breit machte. Es war das erste Mal seit Langem, dass sie sich nicht wie eine Außenseiterin fühlte.

Als die Sonne sich langsam senkte, lehnte Elias sich zurück und sah sie an. „Wie wäre es, wenn wir den Abend verlängern?" fragte er. „Es gibt eine kleine Bar ein paar Straßen weiter. Die Cocktails sind furchtbar teuer, aber die Stimmung ist großartig."

Nia zögerte. Etwas in ihr wollte ablehnen, sich zurückziehen in ihre vertraute Einsamkeit. Doch seine unbeschwerte Art und sein warmes Lächeln überzeugten sie. „Warum nicht?" sagte sie schließlich.

Elias grinste. „Perfekt. Ich verspreche, es wird nicht langweilig."

Als sie das Café verließen, bemerkte Nia, wie leicht ihre Schritte sich anfühlten. Für einen Moment schien die Welt weniger schwer, weniger fremd. Sie wusste nicht, wohin der Abend führen würde, aber für den Augenblick war sie bereit, es herauszufinden.

Die Bar war klein, aber gemütlich, mit gedämpftem Licht und einem leisen Summen von Gesprächen, das die Atmosphäre erfüllte.

Kerzen flackerten auf den kleinen Holztischen, und eine jazzige Melodie spielte im Hintergrund. Elias führte Nia zu einem Tisch in einer Ecke, wo die Schatten sie umhüllten, aber die Wärme des Raumes dennoch spürbar blieb.

„Diese Bar ist mein kleines Geheimnis," sagte er, während er zwei Cocktails von der Karte bestellte. „Kaum jemand kennt sie, und das macht sie so besonders."

Nia nickte, ließ ihren Blick durch den Raum schweifen und fühlte sich gleichzeitig geborgen und beobachtet. Elias strahlte eine natürliche Sicherheit aus, die sie faszinierte. Er schien in seinem Element, mühelos mit der Umgebung verschmelzend, während Nia sich immer wieder daran erinnern musste, präsent zu bleiben und ihre wachsenden Gedanken zu zügeln.

Die Getränke kamen, und Elias hob sein Glas. „Auf den Zufall," sagte er mit einem Augenzwinkern. „Und darauf, dass man manchmal das Beste findet, wenn man es am wenigsten erwartet."

Nia erwiderte sein Lächeln, hob ihr Glas und stieß mit ihm an. Der erste Schluck war süß und stark zugleich, die Aromen entfalten sich auf ihrer Zunge, während sie versuchte, sich in die Leichtigkeit des Moments fallen zu lassen. Elias erzählte von seiner Arbeit als freier Fotograf, von seinen Reisen und den seltsamen Begegnungen, die er dabei gemacht hatte. Seine Geschichten waren bunt und lebendig, voller Details und Humor.

„Und du?" fragte er schließlich, lehnte sich zurück und sah sie mit einem Lächeln an, das gleichzeitig neugierig und entspannt war. „Was machst du, wenn du nicht gerade in Cafés Menschen beobachtest?"

Nia überlegte kurz. „Ich arbeite in einem Büro," sagte sie schließlich, ihre Stimme ein wenig zurückhaltend. „Nichts besonders Spannendes."

„Ich glaube dir kein Wort," antwortete Elias mit einem schiefen Lächeln. „Du hast diese Art von Präsenz... als ob es da viel mehr gibt, als du zeigen möchtest."

Seine Worte lösten etwas in ihr aus. Für einen Moment spürte sie einen Stich von Unbehagen, aber auch ein kleines Aufflackern von Hoffnung. Könnte er sie wirklich sehen? Doch bevor sie tiefer in dieses Gefühl eintauchen konnte, lenkte Elias das Gespräch wieder auf sich.

Während die Nacht voranschritt, füllte sich die Bar, und die Geräuschkulisse wurde lebhafter. Elias erzählte von einem seiner Fotografien, einer Aufnahme eines alten Mannes an einer Straßenecke in Paris. „Er hatte dieses Gesicht... so voller Geschichten," sagte er, während er gestikulierte, als würde er die Szene vor Nias Augen malen. „Ich habe nur einen Moment gehabt, um das Foto zu machen, aber es ist einer meiner Favoriten."

Nia lauschte, lächelte an den richtigen Stellen und genoss seine Begeisterung, aber tief in ihrem Inneren begann sich ein bekanntes Gefühl einzuschleichen. Die Gespräche blieben leicht, fast zu leicht. Elias sprach viel über sich selbst, seine Erfahrungen und Gedanken, und obwohl sie ehrlich wirkten, fehlte etwas. Es war, als würde er die Oberfläche eines tiefen Ozeans entlanggleiten, ohne jemals wirklich einzutauchen.

Sie versuchte, das Gefühl zu ignorieren, redete sich ein, dass diese Leichtigkeit vielleicht genau das war, was sie brauchte. Kein Drama, keine komplizierten Gefühle, einfach nur das Hier und Jetzt. Doch ihr innerer Monolog ließ nicht locker. *Ist das wirklich genug?* fragte sie sich, während sie an ihrem Drink nippte und Elias' Geschichten lauschte. *Kann ich mich mit der Oberfläche zufriedengeben, wenn ich mich nach der Tiefe sehne?*

Als die Nacht sich dem Ende zuneigte, fühlte Nia sich gespalten. Elias war charmant, freundlich und unterhaltsam. Es gab keinen Grund, enttäuscht zu sein. Doch während sie die Bar verließen und in die kühle Nacht hinaustraten, bemerkte sie, dass ein kleiner Teil von ihr sich einsamer fühlte als zuvor.

Die Wochen vergingen, und Nia hatte Elias immer wieder getroffen. Er war charmant, aufmerksam und sorgte dafür, dass sie sich zumindest für den Moment weniger allein fühlte. Doch in den stillen Momenten, wenn ihre Gespräche versiegten und sie nur noch die Geräusche der Stadt umgaben, nagte ein Gefühl der Leere an ihr.

Es war ein milder Abend, und sie saßen gemeinsam auf einer Bank in einem kleinen Park. Die Luft roch nach nassem Gras, und das Licht der Straßenlaternen warf lange Schatten auf den Kiesweg. Elias hatte seinen Arm lässig über die Rückenlehne gelegt, seine Finger streiften gelegentlich ihre Schulter. Diese beiläufigen Berührungen, so flüchtig und doch vertraut, hatten ihr anfangs das Gefühl gegeben, gesehen zu werden. Doch jetzt fühlten sie sich fast routiniert an, als wären sie Teil eines Spiels, das Elias schon oft gespielt hatte.

„Du bist in Gedanken," sagte er und lehnte sich leicht zu ihr hinüber. Seine Stimme war warm, doch Nia spürte die Distanz in seinen Worten.

Sie nickte, blickte geradeaus und suchte nach den richtigen Worten. „Manchmal frage ich mich... ob ich überhaupt irgendwo wirklich dazugehöre."

Elias zog eine Augenbraue hoch, lächelte dann und streichelte mit seinem Daumen ihren Oberarm. „Was meinst du damit?" fragte er, doch sein Tonfall war mehr neugierig als einfühlsam.

Nia holte tief Luft und drehte sich zu ihm. „Ich fühle mich oft... isoliert. Als ob ich die Welt durch eine Glasscheibe beobachten würde. Ich kann alles sehen, aber ich bin nie wirklich Teil davon."

Elias schwieg einen Moment, bevor er grinste und mit den Schultern zuckte. „Vielleicht musst du einfach lockerer werden. Du denkst zu viel nach, Nia. Manchmal muss man das Leben einfach nehmen, wie es kommt."

Seine Worte trafen sie wie ein kalter Schlag. Sie wandte den Blick ab, versuchte das Brennen in ihrer Brust zu ignorieren. „Vielleicht hast du recht," sagte sie schließlich, ihre Stimme leise.

Doch tief in ihrem Inneren wusste sie, dass es nicht nur um das "Lockerwerden" ging. Sie wollte nicht einfach nur eine von vielen sein, die durch das Leben treiben. Sie sehnte sich nach Tiefe, nach einem Gefühl von Zugehörigkeit, das sie bisher nirgendwo gefunden hatte.

Elias legte eine Hand auf ihre Wange, drehte ihr Gesicht sanft zu sich. „Du bist wirklich wunderschön, weißt du das?" Seine Worte waren schmeichelnd, aber sie fühlten sich hohl an.

Nia lächelte schwach, erlaubte ihm, sie zu küssen. Es war ein zarter, fast fragiler Moment. Seine Lippen waren weich, seine Berührung warm, doch es fehlte etwas, das sie nicht benennen konnte. Sie wollte sich verlieren, wollte glauben, dass dieser Moment genug sein könnte. Doch während ihre Hände seinen Rücken entlang glitten und er sie näher an sich zog, spürte sie nur, wie die Leere in ihr wuchs.

Nach einer Weile lösten sie sich voneinander. Elias sah sie an, seine Augen suchten nach einer Bestätigung, die sie ihm nicht geben konnte. „Geht's dir gut?" fragte er, während er eine Haarsträhne aus ihrem Gesicht strich.

Nia nickte mechanisch. „Ja... ich denke schon."

Doch ihre Gedanken schrien etwas anderes. *Warum fühle ich mich immer noch allein? Warum reicht das nicht?* Sie wusste, dass sie ihm diese Fragen nicht stellen konnte, dass er die Antworten nicht hatte.

Elias schien ihre Zurückhaltung zu spüren, doch anstatt nachzufragen, lehnte er sich zurück und griff nach seiner Jacke. „Es wird spät. Ich bring dich nach Hause."

Der Weg zurück war still, abgesehen vom Knirschen ihrer Schritte auf dem Kies. Elias hielt ihre Hand, doch es fühlte sich mehr wie eine Geste der Höflichkeit an als eine echte Verbindung. Vor ihrer Wohnung blieb er stehen, küsste sie noch einmal auf die Wange und verabschiedete sich mit einem Lächeln.

„Schlaf gut," sagte er, bevor er die Straße hinunterging, ohne sich noch einmal umzudrehen.

Nia stand eine Weile da, starrte ihm nach, bis er in der Dunkelheit verschwand. Sie spürte die Kälte der Nacht auf ihrer Haut und das Gewicht ihrer eigenen Gedanken. Als sie schließlich ihre Tür öffnete und die Stille ihrer Wohnung sie empfing, sank sie auf das Sofa und umklammerte ihre Knie. Tränen liefen über ihre Wangen, leise und unaufhaltsam.

In diesem Moment erkannte sie, dass Elias, so freundlich und charmant er auch war, sie niemals wirklich hätte verstehen können. Und sie begann zu begreifen, dass die Leere in ihr nicht durch flüchtige Berührungen oder oberflächliche Gespräche gefüllt werden konnte. Sie setzte sich aufs Bett und öffnete ihr Journal und fing einfach an zu schreiben:

Datum: Irgendwann mitten in der Nacht.

Die Stunden scheinen zu fließen, als würden sie keinen Halt finden, und ich frage mich, was ich eigentlich suche. Elias war… freundlich. Er hat alles richtig gemacht. Ein Mensch, der weiß, wie man jemanden zum Lächeln bringt, wie man Nähe herstellt. Doch in mir blieb es kalt, als wäre ich aus Glas. Glatt, durchsichtig, unberührt.

Wir haben gelacht, Worte ausgetauscht, uns berührt. Seine Hände waren warm, seine Lippen sanft. Aber warum fühlte es sich nicht an wie... wie etwas Echtes? Es war, als ob ich eine Rolle spiele, als ob meine Reaktionen gelernt, nicht gefühlt wären. Und das Schlimmste: Er hat nichts bemerkt. Oder wollte nichts bemerken.

Was mich irritiert, ist, wie klar mein Kopf in diesen Momenten bleibt. Während seine Worte mich umspülen, während seine Nähe mich umschließt, denke ich an die Lücken. An das, was fehlt. An das, was ich nicht begreife.

Heute hat er gesagt, ich sei „zu viel". Zu ernst. Zu intensiv. Aber was bedeutet das? Kann man zu sehr versuchen, verstanden zu werden? Kann man zu sehr hoffen, dass jemand die Stille in einem mit etwas Echtem füllt?

Ich habe die Tür hinter ihm geschlossen, und für einen Moment war die Welt still. Keine Schritte, keine Stimmen, nur die Einsamkeit, die mich wie ein alter Freund umarmte. Sie ist da, immer, egal wie sehr ich versuche, sie zu verdrängen.

Und Lilly... warum denke ich in diesen Momenten immer an Lilly? Sie ist so anders als Elias. So... ehrlich in ihrem Chaos, in ihrer Unsicherheit. Sie erwartet nicht, dass ich etwas bin, was ich nicht bin. Vielleicht deshalb fühle ich mich bei ihr weniger... verloren.

Ich weiß nicht, wohin das alles führt. Vielleicht gibt es keine Antworten. Vielleicht ist das alles, was es gibt – ein Suchen, ein Fragen, ein niemals

Finden. Aber tief in mir wächst ein Gedanke, leise und beharrlich: Wenn jemand die Stille füllen könnte, dann vielleicht... Lilly.

Nia

Nia schließt ihr Journal und legt es auf den Tisch, schaut sich um und legt sich ins Bett die Augen gegen die Decke gerichtet, bis sie schließlich einschläft und in die Welt Ihrer Träume versinkt.

KAPITEL 9

Die morgendlichen Sonnenstrahlen sickerten durch die halb geschlossenen Jalousien, als Lilly in ihrem Atelier saß und versuchte, die Leere auf der Leinwand vor sich zu füllen. Ihre Hände zitterten leicht, während sie den Pinsel hielt, doch ihre Gedanken waren zu laut, um einen klaren Strich zu setzen. Die Worte ihres Partners hallten in ihrem Kopf wider, schärfer als jedes Messer.

„Du denkst nur an dich. Immer geht es nur um deine Kunst, deine Gefühle. Und was ist mit mir, Lilly? Was ist mit uns?" Seine Stimme war immer gleich: ein trügerisches Gemisch aus Ärger und Enttäuschung, dass sie in die Enge trieb. Egal, was sie sagte oder tat, es war nie genug.

Der Streit vom Abend zuvor hatte sich tief in ihr festgesetzt. Er hatte sie angeschrien, sie beschuldigt, sie sei nichts ohne ihn. Seine Worte klangen wie eine dunkle Prophezeiung. Sie wusste, dass er es tat, um sie zu kontrollieren, sie zu halten, wo er sie haben wollte. Doch das Wissen machte es nicht leichter, die Ketten zu brechen. Jedes Mal, wenn sie dachte, sie könnte gehen, zerrte er an einem unsichtbaren Band, das sie zurückholte.

Lilly legte den Pinsel ab und fuhr sich mit den Fingern durchs Haar. Ihre Gedanken wirbelten wie ein Sturm. Sie konnte die Wut spüren, die unter ihrer Haut brodelte, aber die Verzweiflung schnürte ihr die Kehle zu. Ihre Kunst war immer ihr Rückzugsort gewesen, ihr Ventil, doch jetzt schien selbst die Leinwand gegen sie zu sein. Ihre Striche wirkten ziellos, chaotisch. Nichts passte zusammen.

Ein tiefes Seufzen entwich ihr, als sie aufstand und durch das Atelier ging. Es war ein Durcheinander aus Farbtuben, Pinselgläsern und unvollendeten Werken. In der Ecke stand ein großes Bild, an dem sie seit Wochen arbeitete, doch sie konnte es nicht ansehen. Es erinnerte sie an die Hoffnung, die sie einmal gehabt hatte – Hoffnung, die nun wie Staub in der Luft hing.

Ihr Telefon vibrierte auf dem Tisch, und sie zuckte zusammen. Ein Teil von ihr hoffte, es wäre Nia, eine Ablenkung von der Last, die auf ihren Schultern lag. Doch es war er. Ein weiterer Anruf, eine weitere Gelegenheit, sie zurückzuziehen. Lilly starrte auf den Bildschirm, während die

Vibrationen verhallten. Ihr Herz schlug schneller, und sie fühlte, wie die Angst in ihrer Brust wuchs.

„Ich kann das nicht mehr," flüsterte sie zu sich selbst. Doch das sagte sie oft. Und am Ende blieb sie doch.

Sie griff nach einer Zigarette aus der Schachtel auf dem Fensterbrett, entzündete sie mit zitternden Fingern und nahm einen tiefen Zug. Der Rauch brannte in ihrer Kehle, aber es war ein kleiner Trost, ein Moment, in dem sie sich fühlte, als hätte sie Kontrolle. Ihre Gedanken wanderten zu Nia. Die Ruhe, die sie ausstrahlte, ihre stille Stärke – Lilly spürte, wie sie sich nach dieser Energie sehnte.

Doch Nia durfte davon nichts wissen. Lilly schüttelte den Kopf und drückte die Zigarette in einem überfüllten Aschenbecher aus. Es war ein weiterer Tag, und sie musste sich zusammenreißen. Die Welt erwartete von ihr, dass sie funktionierte. Ihr Partner erwartete es. Die Kunst erwartete es.

Mit schweren Schritten kehrte sie zur Leinwand zurück. Diesmal zwang sie sich, den Pinsel zu führen, auch wenn ihre Hände zitterten. Die Striche waren wütend, chaotisch, aber sie waren echt. In jedem war ein Stück von ihr, ein Stück ihrer Wahrheit.

„Ich muss da raus," sagte sie laut, ihre Stimme schwach, aber entschlossen. Doch ob sie den Mut aufbringen konnte, wusste sie nicht.

Die Leinwand begann sich zu füllen, ein Sturm aus Farben, ein Ausdruck ihrer inneren Kämpfe. Und irgendwo, tief in ihrem Inneren, keimte ein Gedanke auf – ein Gedanke, dass es vielleicht jemanden gab, der ihr helfen konnte, die Ketten zu durchbrechen.

Die Tür des Ateliers schwang mit einem lauten Knall auf, und Lillys Partner trat ein. Seine Augen funkelten vor Wut, und seine Stimme schnitt wie ein Messer durch die Stille des Raumes.

„Lilly, was zum Teufel soll das?" Er warf seinen Mantel auf einen Stuhl und stemmte die Hände in die Hüften. „Du gehst einfach nicht an dein Telefon. Wir müssen reden."

Lilly stand an ihrer Leinwand, den Pinsel in der Hand, und fühlte, wie ihre Schultern sich unwillkürlich anspannten. Der Ausdruck auf ihrem Gesicht war starr, doch ihre Hände zitterten leicht. Sie hatte gewusst, dass dieser Moment kommen würde, hatte ihn hinausgezögert, aber nicht verhindern können.

„Es gibt nichts mehr zu reden," sagte sie mit einer Stimme, die sie selbst überraschte – fest, ruhig, aber voller innerer Anspannung.

Ihr Partner lachte kurz, ein hartes, humorloses Lachen. „Oh, wirklich? So einfach machst du es dir also?"

„Nein," entgegnete Lilly, während sie den Pinsel auf die Farbpalette legte. „Es war nie einfach. Aber ich kann so nicht weitermachen. Du kontrollierst mich, machst mich klein, und ich..." Ihre Stimme brach, und sie atmete tief ein, bevor sie weitersprach. „Ich verliere mich selbst in dieser Beziehung."

Er trat näher, seine Haltung bedrohlich, doch sie wich nicht zurück. „Ich kontrolliere dich? Das ist lächerlich, Lilly. Alles, was ich tue, ist, dir zu helfen. Ohne mich wärst du längst verloren. Deine Kunst? Ein Witz. Du wärst nichts ohne meine Unterstützung."

Diese Worte trafen Lilly wie ein Schlag in die Magengrube, aber sie ließ sich nicht beirren. Sie hatte genug von diesen ständigen Angriffen, von den manipulativen Kommentaren, die ihr Selbstbewusstsein zersetzten.

„Nein," sagte sie, ihre Stimme nun lauter und entschlossener. „Ich bin nicht verloren. Aber ich werde es sein, wenn ich bei dir bleibe."

Ihr Partner trat näher, seine Augen verengten sich. „Willst du mich etwa rauswerfen? Lilly, das ist absurd. Du brauchst mich. Du weißt, dass du das nicht allein schaffst."

Lillys Herz raste, doch sie hielt seinem Blick stand. „Ja, ich brauche jemanden. Aber nicht dich." Die Worte verließen ihre Lippen wie eine Befreiung, ein Moment der Klarheit, der sie selbst überraschte.

Seine Wut schien sich in Verachtung zu verwandeln. „Gut. Viel Glück, Lilly. Viel Glück, allein mit deinen gescheiterten Träumen."

Er griff nach seinem Mantel und stürmte zur Tür, drehte sich jedoch noch einmal um. „Du wirst sehen, dass ich recht habe. Ohne mich bist du nichts."

Die Tür knallte hinter ihm zu, und die Stille, die folgte, war ohrenbetäubend. Lilly blieb regungslos stehen, ihre Hände zitterten, und ihre Beine fühlten sich plötzlich wie Gummi an. Sie ließ sich langsam auf einen Stuhl sinken, während die ersten Tränen über ihre Wangen liefen. Sie hatte es getan. Sie hatte die Ketten gesprengt, die sie so lange gefangen gehalten hatten. Doch der Schmerz, die Erleichterung, die Angst – alles vermischte sich in einem unkontrollierbaren Strom von Gefühlen.

Ihr Blick wanderte zur Leinwand, die sie eben noch bearbeitet hatte. Die Farben schienen plötzlich klarer, lebendiger, als hätte sie einen Teil von sich selbst in ihnen festgehalten. Lilly wischte sich die Tränen ab, stand auf und trat näher. Sie hob den Pinsel, unsicher, ob sie weitermachen konnte.

Doch dann begann sie zu malen. Mit jedem Strich löste sie sich ein Stück mehr von der Dunkelheit, die sie gefangen gehalten hatte. Es war kein Sieg, kein Triumph – noch nicht. Aber es war ein Anfang.

Die Farben mischten sich unter ihren Händen zu einem chaotischen, aber lebendigen Wirbel. Sie malte nicht mit einem klaren Ziel, sondern ließ ihre Emotionen die Führung übernehmen. Ihre Wut, ihre Erleichterung, ihre Trauer – alles floss in die Leinwand. Der Pinsel wurde zu einem Ventil, und die Leinwand war der einzige Zeuge ihrer inneren Kämpfe.

Doch irgendwann stockten ihre Bewegungen. Sie starrte auf die Leinwand, auf die wirbelnden Farben, die sich wie ein Sturm über die Fläche ausgebreitet hatten. Es war nicht das, was sie wollte. Es war nicht genug. Lilly ließ den Pinsel sinken, ihre Hand zitterte, und sie fühlte, wie die vertraute Welle von Selbstzweifeln sie überrollte.

Die Realität ihrer Situation traf sie erneut mit voller Wucht. Sie hatte ihn rausgeworfen, ja. Aber war das wirklich das Ende? Oder würde er zurückkommen, mit noch mehr Vorwürfen, mit noch mehr emotionaler Gewalt? Sie wusste, dass sie stark gewesen war – doch jetzt, allein im Atelier, fühlte sie sich zerbrechlich wie Glas, das nur darauf wartete, zu zerspringen.

Ihre Kehle wurde eng, und sie griff nach der Weinflasche, die auf dem Tisch stand. Sie schenkte sich ein Glas ein, doch der erste Schluck fühlte sich leer an, wie ein Trost, der nicht greifen konnte. Sie nahm einen zweiten Schluck, dann einen dritten. Der Geschmack des Weins verschwand, ersetzt durch das dumpfe Gefühl, das sie suchte. Sie wollte nicht fühlen. Nicht jetzt.

Lillys Blick schweifte durch das Atelier, blieb an einem Gemälde hängen, das sie vor Monaten fertiggestellt hatte. Es zeigte eine weite Landschaft, friedlich und still, mit einem kleinen Baum in der Ferne. Ein Symbol für Hoffnung, hatte sie damals gedacht. Doch jetzt schien es wie eine Lüge.

Sie schloss die Augen und ließ sich auf den alten Sessel neben der Staffelei sinken. Ihre Finger strichen über den Stoff, während ihr Atem flach ging. Sie hatte gehofft, dass das Malen ihr Frieden bringen würde, doch stattdessen fühlte sie sich nur noch leerer. Ihre Gedanken drifteten, sprangen von einem Moment zum nächsten, ohne dass sie sie kontrollieren konnte.

Ein Bild schob sich in ihren Geist: Nia. Diese ruhige, stille Präsenz, die so oft in der Nähe war, ohne je aufdringlich zu wirken. Lilly dachte an ihre Gespräche, an die Art, wie Nia zuhörte – wirklich zuhörte. Da war etwas Beruhigendes an ihr, etwas, das Lilly nicht in Worte fassen konnte. Vielleicht war es genau das, was sie jetzt brauchte.

Sie setzte das Glas ab, schob die Weinflasche beiseite und griff nach ihrem Mantel. Ihre Schritte waren schwer, als sie zur Tür ging, doch je näher sie der Klinke kam, desto sicherer wurde sie. Lilly musste nicht allein sein. Nicht heute Nacht.

Der Weg zu Nias Wohnung war kurz, doch jeder Schritt fühlte sich wie eine kleine Überwindung an. Was, wenn Nia sie abweisen würde? Was, wenn sie selbst nicht die richtigen Worte fand? Die Zweifel nagten an ihr, doch sie ließ sie nicht gewinnen.

Als sie vor Nias Tür stand, hob sie die Hand und zögerte. Ihre Finger schwebten über dem Holz, bevor sie schließlich anklopfte. Es war ein leises, unsicheres Klopfen, fast ein Flüstern in der Stille des Flurs.

Die Tür öffnete sich nach einem Moment, und Nia stand da, ihre Augen schlaftrunken, aber warm. Für einen Moment schien die Zeit stillzustehen. Lillys Lippen bewegten sich, doch es kam kein Ton heraus. Schließlich brachte sie ein fast ersticktes „Kann ich reinkommen?" hervor.

Nia nickte und trat zur Seite. „Natürlich."

Lilly trat ein, spürte die vertraute Wärme der kleinen Wohnung, die im Gegensatz zu ihrem chaotischen Atelier stand. Es war nicht der Raum, der sie beruhigte, sondern die Person, die ihn bewohnte. Nia schloss die Tür hinter ihr und sah sie an, ohne ein Wort zu sagen. Doch in ihren Augen lag etwas, das Lilly Trost spendete.

„Danke," flüsterte Lilly und ließ sich auf das Sofa sinken. „Ich... ich konnte einfach nicht allein sein."

Nia setzte sich neben sie, nahm ihre Hände und hielt sie, ohne etwas zu sagen. In diesem Moment fühlte Lilly, wie ein kleiner Teil ihrer Last von ihren Schultern fiel.

Nia saß auf ihrem schmalen Sofa, ein Notizbuch aufgeschlagen auf den Knien, während ihre Finger über die glatten Seiten strichen. Die schwache Tischlampe warf einen warmen Schimmer auf die Wände, während draußen der Regen leise gegen das Fenster prasselte. Ihr Tagebuch war für sie ein Zufluchtsort, ein Ort, an dem sie die wirren Gedanken und Emotionen, die sie nicht einordnen konnte, in Worte fassen konnte. Heute jedoch fand sie keine Klarheit. Ihre Sätze blieben fragmentiert, unfertig.

Was war mit ihr los? Warum fühlte sie sich so, als ob ein Teil von ihr fehlte? Sie hatte gerade begonnen, diese Gedanken in Worte zu fassen, als ein leises, fast zögerndes Klopfen die Stille durchbrach. Es war nicht das selbstbewusste Pochen eines Nachbarn, der etwas brauchte. Es war vorsichtig, unsicher – ein Hilferuf in seiner subtilsten Form.

Nia legte das Notizbuch beiseite und ging zur Tür. Als sie öffnete, trafen ihre Augen auf Lillys. Ihr

Gesicht war gerötet, ihre Augen glänzten von verweinten Tränen, und ihre Lippen bebten leicht, als ob sie Worte formen wollte, die nicht herauskamen. Sie wirkte verloren, und dennoch schien da eine Art von Entschlossenheit in ihrer Haltung zu liegen.

„Kann ich... reinkommen?" fragte Lilly leise, ihre Stimme kaum mehr als ein Flüstern.

Nia nickte, ohne zu zögern. „Natürlich."

Lilly trat ein, und Nia schloss die Tür hinter ihr. Für einen Moment standen sie sich gegenüber, und eine Welle der Unsicherheit überrollte Nia. Sie wusste nicht, was passiert war, aber die Schwere, die Lilly umgab, war greifbar.

„Setz dich," sagte Nia sanft und deutete auf das Sofa. Lilly folgte der Einladung und ließ sich langsam nieder, ihre Hände fest um ihre eigenen Ellbogen gelegt, als ob sie sich selbst zusammenhalten wollte.

„Möchtest du etwas trinken? Tee vielleicht?" fragte Nia und bemühte sich, ihre Stimme ruhig und einladend zu halten.

Lilly schüttelte den Kopf. „Nein, danke." Sie sah zu Boden, ihre Finger spielten nervös mit den Ärmeln ihres Pullovers. „Ich... wollte einfach nur nicht allein sein."

Nia setzte sich neben sie, nicht zu nah, aber nah genug, um ihre Unterstützung zu zeigen. „Das ist okay," sagte sie leise. „Du musst mir nichts erklären, wenn du nicht willst. Aber ich bin hier, wenn du reden möchtest."

Für einen Moment schien Lillys Fassade zu bröckeln. Ihre Schultern sanken, und sie ließ einen zitternden Atemzug entweichen. „Ich... habe ihn rausgeworfen," begann sie, ihre Stimme brüchig. „Er... er hat mich immer wieder klein gemacht. Mich ständig hinterfragt. Aber heute... heute konnte ich es nicht mehr ertragen."

Nia sagte nichts, sie ließ Lilly reden, ihre Worte in die Stille des Raumes fließen. Sie sah, wie Lillys Hände zitterten, wie die Tränen in ihren Augen glitzerten. Es war, als würde eine Last von ihrem Herzen fallen, während sie sprach.

„Ich habe immer gedacht, dass ich das durchstehen muss. Dass es besser wird, wenn ich nur härter an mir arbeite, wenn ich mich mehr anstrenge. Aber es wird nie besser, oder?" Lilly sah Nia an, ihre Augen suchten nach einer Antwort, nach Trost.

„Es ist nicht deine Schuld," sagte Nia schließlich, ihre Stimme fest und warm. „Du verdienst es, glücklich zu sein. Und manchmal bedeutet das, dass man Dinge hinter sich lassen muss, die einen verletzen."

Lillys Lippen zogen sich zu einem schwachen Lächeln. „Das klingt so einfach, wenn du es sagst."

„Einfach ist es nicht," erwiderte Nia. „Aber es ist möglich."

Eine lange Stille folgte, in der nur das leise Tropfen des Regens zu hören war. Schließlich lehnte Lilly sich zurück, ihre Schultern entspannten sich ein wenig, und sie sah Nia an. „Danke," flüsterte sie. „Dass du da bist."

„Immer," antwortete Nia, ohne zu zögern.

In diesem Moment spürte Nia etwas, das sie nicht benennen konnte. Eine Wärme, die sich in ihrer Brust ausbreitete, ein Drang, Lilly zu beschützen, für sie da zu sein. Es war nicht nur Mitgefühl, es war etwas Tieferes, das sie noch nicht ganz verstand. Aber sie wusste, dass sie es nicht ignorieren konnte.

Als Lilly schließlich aufstand, um zu gehen, hielt Nia sie sanft an der Hand zurück. „Bleib," sagte sie leise. „Wenn du nicht allein sein möchtest, bleib hier."

Lilly sah sie an, und für einen Moment schien sie zu zögern. Dann nickte sie, ein kleines, dankbares Lächeln auf ihren Lippen. „Okay."

Sie blieben zusammen, saßen in der Stille, die weniger bedrückend und mehr tröstlich wirkte. Es war ein Anfang, ein kleiner Schritt in Richtung Heilung – für beide.

Die Nacht war bereits weit fortgeschritten, und die sanften Klänge des Regens, der gegen die

Fenster schlug, füllten den Raum. Nia hatte eine Decke aus dem Schrank geholt und sie über das Sofa gelegt. Lilly saß neben ihr, die Beine angezogen und die Arme um die Knie geschlungen. Ihr Gesicht war müde, aber ihre Augen wirkten etwas weicher als zuvor.

„Es fühlt sich komisch an, einfach zu bleiben," murmelte Lilly, mehr zu sich selbst als zu Nia.

„Es fühlt sich für mich richtig an," antwortete Nia leise. Ihre Worte waren nicht überlegt, sondern kamen aus einer Tiefe, die sie selbst überraschte.

Lilly sah sie an, als wolle sie nach einer versteckten Bedeutung in Nias Gesicht suchen. Schließlich entspannte sie sich und legte den Kopf leicht gegen die Sofalehne. „Vielleicht brauche ich das gerade. Einfach jemanden, der da ist."

„Ich bin hier," sagte Nia schlicht, aber in ihrer Stimme lag eine solche Aufrichtigkeit, dass Lilly nur nicken konnte.

Die Minuten vergingen in einer stillen, tröstenden Harmonie, bis Lilly leise fragte: „Kann ich heute bei dir schlafen? Ich... ich will nicht zurück in meine Wohnung."

Nia zögerte nicht. „Natürlich."

Sie richtete das Bett in ihrem kleinen Schlafzimmer her, zog frische Bettwäsche auf und schob sich dann etwas unsicher zur Seite, als

Lilly leise hereinkam. „Du musst nicht," begann Nia, aber Lilly schüttelte den Kopf.

„Ich möchte nicht allein sein," sagte sie schlicht.

Die beiden legten sich nebeneinander ins Bett. Zwischen ihnen lag zunächst eine zurückhaltende Distanz, als ob sie beide nicht genau wussten, wie sie sich verhalten sollten. Doch als Lilly sich ein wenig drehte, ihre Hand leicht Nias Arm berührte und Nia diese Berührung nicht zurückzog, begann sich die Spannung im Raum zu lösen.

„Ich habe Angst," flüsterte Lilly plötzlich in die Dunkelheit. „Angst, dass ich immer wieder dieselben Fehler mache. Dass ich mich nie wirklich finde."

Nia schwieg einen Moment, ließ Lillys Worte in sich nachklingen. Schließlich drehte sie sich zu ihr um und legte ihre Hand vorsichtig auf Lillys. „Vielleicht ist das Finden nicht das Ziel," sagte sie. „Vielleicht geht es darum, jemanden zu haben, der den Weg mit dir geht."

Lilly sah sie mit glänzenden Augen an. Ihre Lippen bebten, als wolle sie etwas sagen, doch stattdessen rutschte sie näher zu Nia. Mit einer fast zärtlichen Vorsicht legte sie den Kopf gegen Nias Schulter, und Nia spürte das Zittern in ihrem Körper, die Erschöpfung, die Traurigkeit, aber auch die Dankbarkeit.

„Du bist so anders," flüsterte Lilly schließlich. „Du machst es so leicht, einfach... zu sein."

Nia wusste nicht, wie sie darauf antworten sollte. Es war ein Moment, in dem Worte nicht notwendig waren. Stattdessen legte sie ihren Arm behutsam um Lilly, hielt sie fest und sicher, während Lillys Atmung langsam ruhiger wurde.

Die beiden lagen so, eng umschlungen, während die Nacht fortschritt. Nia spürte die Wärme von Lillys Körper, das sanfte Heben und Senken ihrer Brust, und ein Gefühl, das sie nicht benennen konnte, begann sich in ihr auszubreiten. Es war mehr als Trost, mehr als Mitgefühl – es war ein tiefer, instinktiver Wunsch, Lilly zu beschützen, sie zu halten, sie niemals gehen zu lassen.

Als Lilly schließlich in einen unruhigen, aber friedlicheren Schlaf glitt, blieb Nia wach. Ihre Gedanken waren wie Wellen, die an die Küste ihres Bewusstseins schlugen. Sie fragte sich, wie ein Moment so zart, so zerbrechlich und gleichzeitig so überwältigend sein konnte.

In dieser Nacht war es, als ob die Welt um sie herum verstummte, und nur sie beide existierten – zwei Menschen, die ihre eigene Dunkelheit suchten, aber im Licht des anderen ein Stück Hoffnung fanden.

Das Licht des frühen Morgens fiel durch die großen Fenster von Lillys Atelier, erhellte den chaotischen Raum und tauchte die verstreuten

Leinwände und Farbtuben in einen sanften, goldenen Schein. Lilly saß auf ihrem alten Holzstuhl, die Hände um eine Tasse Kaffee gelegt, die mittlerweile fast kalt war. Ihre Augen waren müde, aber nicht mehr schwer vor Kummer – vielmehr lag in ihnen eine Ruhe, die sie lange nicht mehr gespürt hatte.

Die Nacht mit Nia hatte etwas in ihr verändert. Es war keine plötzliche Erleuchtung, sondern ein leises, stetiges Erwachen. Zum ersten Mal seit Monaten fühlte sie sich nicht von der Vergangenheit erdrückt. Stattdessen dachte sie an Möglichkeiten, an das, was vor ihr lag.

Lillys Blick wanderte zu einer leeren Leinwand, die schief an der Wand lehnte. Sie spürte den Drang, wieder zu malen, doch dieses Mal ohne den Druck, perfekt sein zu müssen. Die Kunst war immer ihr Ventil gewesen, doch in den letzten Monaten hatte ihr Partner es in eine Quelle von Selbstzweifeln und Erwartungen verwandelt. Jetzt war es an der Zeit, dieses Ventil zurückzuerobern.

Mit einem tiefen Atemzug stand sie auf, stellte die leere Tasse beiseite und zog eine Leinwand auf die Staffelei. Sie griff nach einem Pinsel, fühlte das vertraute Gewicht in ihrer Hand. Ihre Finger zitterten leicht, doch es war ein Zittern, das von Nervosität, nicht von Angst herrührte. Die Farben auf ihrer Palette wirkten lebendig, fast als würden sie darauf warten, dass sie sie nutzte.

„Ich werde nicht perfekt sein," murmelte Lilly leise zu sich selbst. „Aber ich werde echt sein."

Die ersten Striche waren zögerlich, fast schüchtern, doch je länger sie malte, desto sicherer wurde ihre Hand. Sie verlor sich in den Bewegungen, in den Farben, die sich ineinander verwoben. Es war, als würde sie ihre Freiheit auf die Leinwand bannen, einen Teil von sich selbst zurückfordern, den sie verloren geglaubt hatte.

Eine Stunde später, während sie die Pinsel reinigte, klopfte es an der Tür. Es war Nia. Ihr Gesicht war, wie immer, von einer stillen Freundlichkeit geprägt, doch ihre Augen wirkten wacher, neugieriger. Sie hielt eine kleine Schachtel in den Händen, die sie Lilly wortlos überreichte.

„Was ist das?" fragte Lilly und hob eine Augenbraue.

„Frühstück," sagte Nia schlicht. „Ich dachte, du hättest vielleicht vergessen, etwas zu essen."

Lilly lachte leise und fühlte ein warmes Kribbeln, das sich in ihrer Brust ausbreitete. „Danke. Das ist... aufmerksam."

Die beiden setzten sich an den kleinen Tisch im Atelier, zwischen die Pinsel und Farbtuben, und aßen schweigend. Es war ein angenehmes

Schweigen, das keine Worte verlangte. Lilly spürte, wie sich ihre Gedanken sortierten, als sie Nia ansah. Da war etwas an ihr, etwas Ruhiges, Verlässliches. Etwas, das Lilly das Gefühl gab, sie könnte alles sagen, ohne verurteilt zu werden.

Nach einer Weile stellte Lilly ihre Gabel ab und lehnte sich zurück. „Weißt du, ich habe lange überlegt, was ich als Nächstes malen soll."

„Und?" fragte Nia, ihre Stimme sanft und ermutigend.

„Ich möchte dich malen," sagte Lilly direkt, ohne Zögern. Sie sah Nia an, deren Augen sich leicht weiteten. „Nicht, weil ich denke, dass ich dich perfekt einfangen könnte, sondern weil... ich denke, dass ich es möchte. Du bist... anders. Und das inspiriert mich."

Nia senkte den Blick, als ob sie die Worte nicht ganz fassen könnte. „Mich? Aber ich bin nicht... besonders."

„Doch, das bist du," sagte Lilly mit Nachdruck. „Vielleicht siehst du es nicht, aber ich schon."

Die Luft zwischen ihnen war erfüllt von einem leisen, unausgesprochenen Verständnis. Nia nickte schließlich langsam. „Vielleicht eines Tages," sagte sie leise. „Vielleicht."

Lilly lächelte, ein Lächeln, das tiefer ging als jedes zuvor. Es war ein Anfang, nicht nur für ihre Kunst, sondern auch für die Verbindung zwischen ihr und Nia. Es war kein endgültiger Sieg über die Vergangenheit, kein Abschluss aller Wunden, doch es war ein erster Schritt – und das war alles, was sie brauchte.

KAPITEL 10

Die Tage nach Lillys emotionalem Zusammenbruch waren von einer eigentümlichen Stille geprägt. Nia bemerkte, wie die Luft zwischen ihnen dichter wurde, wie unausgesprochene Worte und Gefühle den Raum füllten, wenn sie zusammen waren. Sie wusste nicht, wie sie mit dieser neuen Intensität umgehen sollte. Ihr Verstand arbeitete unaufhörlich, suchte nach den richtigen Worten, nach dem, was Lilly jetzt brauchte. Doch die Antwort schien sich ihr immer wieder zu entziehen.

Nia saß an ihrem kleinen Schreibtisch, das Journal aufgeschlagen vor sich. Der Stift ruhte in ihrer Hand, doch die Worte, die sie zu Papier bringen wollte, blieben aus. Stattdessen starrte sie auf die leeren Seiten, als ob diese ihr eine Antwort geben könnten. Die Ereignisse der letzten Tage gingen ihr nicht aus dem Kopf: Lillys tränenüberströmtes Gesicht, die zittrige Umarmung in der Nacht, das Gefühl von Verantwortung, das sie nicht ignorieren konnte.

„Wie kann ich jemandem helfen, wenn ich selbst nicht weiß, wer ich bin?" schrieb sie schließlich und hielt inne, um ihre eigenen Worte zu betrachten. Die Frage fühlte sich schwer an, eine Wahrheit, die sie nicht länger verdrängen konnte.

Ein leises Klopfen riss sie aus ihren Gedanken. Nia blickte zur Tür, wo Lilly zögernd stand. Ihr Gesicht war müde, doch ihre Augen hatten diesen entschlossenen Glanz, der sie trotz allem noch strahlen ließ. In ihrer Hand hielt sie eine kleine Leinwand, die sie schützend an ihre Brust gedrückt hatte.

„Darf ich reinkommen?" fragte Lilly leise.

Nia nickte und stand auf, um Platz zu machen. Lilly trat ein, setzte sich auf die kleine Couch und legte die Leinwand vorsichtig neben sich. Ihre Bewegungen waren langsam, fast bedächtig, als würde sie ihre eigenen Schritte abwägen.

„Ich wollte dir das hier zeigen," begann Lilly und deutete auf die Leinwand. „Es ist nichts Großes, nur... etwas, das ich in den letzten Tagen gemacht habe."

Nia nahm die Leinwand in die Hand und betrachtete sie. Es war ein abstraktes Gemälde, ein Wirrwarr aus Farben, die sich in der Mitte zu einem Punkt verdichteten. Es wirkte chaotisch und gleichzeitig geordnet, als ob es die inneren Kämpfe und die Suche nach Klarheit eines Menschen darstellen wollte. Nia spürte, wie ihr

Herz schneller schlug, als sie die Emotionen erkannte, die in diesem Werk eingefangen waren.

„Es ist wunderschön," sagte sie schließlich, ihre Stimme ein wenig rau. „Es fühlt sich... wie du an."

Lilly lächelte schwach, doch ihre Augen glitzerten vor Tränen. „Es ist alles, was ich im Moment ausdrücken kann. Worte... sie reichen einfach nicht aus."

Die beiden Frauen schwiegen für einen Moment. Nia setzte sich neben Lilly, hielt die Leinwand immer noch in den Händen und suchte nach den richtigen Worten. Sie wollte Lilly sagen, wie sehr sie sie bewunderte, wie mutig sie es fand, trotz allem weiterzumachen. Doch stattdessen sagte sie nur: „Ich wünschte, ich könnte dir helfen."

Lilly sah sie an, ihre Augen suchend, als ob sie etwas in Nias Gesicht erkennen wollte, dass sie selbst nicht benennen konnte. „Du hilfst mir schon," flüsterte sie schließlich. „Mehr, als du denkst."

Ein warmes Gefühl durchströmte Nia, doch es wurde sofort von der bekannten Unsicherheit überschattet. Ihre Gefühle für Lilly wuchsen mit jedem Moment, den sie miteinander verbrachten, doch sie wusste nicht, ob sie es wagen konnte, diese Gefühle zuzulassen. Sie hatte immer geglaubt, dass ihre Rolle in der Welt darin bestand, anderen zu dienen, unsichtbar zu sein. Doch Lilly... Lilly ließ sie sich gesehen fühlen.

„Ich bin froh, dass du hier bist," sagte Lilly nach einer Weile und lehnte sich leicht an Nia. Es war eine flüchtige, aber bedeutungsvolle Geste, die Nia den Atem stocken ließ.

„Ich auch," antwortete Nia schließlich und spürte, wie ein kleiner Funken Hoffnung in ihr aufkeimte.

Der Abend war kühl, und Nia zog ihren Mantel enger um sich, während sie durch die Straßen von Williamsburg lief. Ihr Kopf war voller Gedanken – über Lilly, über ihre eigene Unsicherheit, über die wachsende Distanz zwischen dem Leben, das sie führte, und dem, was sie wirklich wollte. Sie wusste nicht, wohin sie gehen sollte, doch als ihr Handy summte, sah sie den Namen auf dem Bildschirm und zögerte. Es war eine alte Bekanntschaft, jemand, den sie einmal in einem Club kennengelernt hatte. Oberflächlich, unkompliziert. Genau das, was sie dachte, jetzt zu brauchen.

Die Bar war schummrig beleuchtet, der Klang von Gelächter und klirrenden Gläsern erfüllte den Raum. Als sie ihn sah, ein Mann mit einer lockeren Art und einem charmanten Lächeln, war sie für einen Moment erleichtert. Vielleicht konnte sie für ein paar Stunden vergessen, was in ihrem Kopf vorging.

„Nia! Gut, dich zu sehen!" rief er, als sie sich an den Tisch setzte. Sein Lächeln war breit, doch in seinen Augen lag ein Hauch von Berechnung, den sie bisher nie bemerkt hatte. Er bestellte zwei Drinks, ohne sie zu fragen, was sie wollte, und begann, von seinem Tag zu erzählen – einer endlosen Litanei von Anekdoten, die mehr für ihn selbst als für sie bestimmt waren.

Nia hörte zu, nickte an den richtigen Stellen, doch ihr innerer Monolog war unerbittlich. Warum war sie hier? Warum hatte sie gedacht, dass dies sie irgendwie trösten würde? Als seine Hand beiläufig auf ihre rutschte, spürte sie keine Wärme, keine Verbindung – nur eine Leere, die sich tiefer in ihr ausbreitete.

Sie versuchten, das Gespräch persönlicher zu gestalten. „Wie geht's dir wirklich, Nia? Du wirkst... nachdenklich," fragte er plötzlich, doch sein Tonfall war mehr neugierig als besorgt.

„Mir geht's gut," antwortete sie mechanisch, obwohl sie wusste, dass das nicht stimmte. Sie wollte ihm nichts von ihrer inneren Welt zeigen, denn sie wusste, dass er es nicht verstehen würde.

Nach ein paar weiteren Drinks landeten sie in seiner Wohnung. Sie war modern eingerichtet, fast steril, und Nia fühlte sich unbehaglich in dieser Perfektion. Er zog sie zu sich, seine Hände waren fordernd, sein Kuss war intensiv, aber leer. Sie versuchte, sich darauf einzulassen, ließ seine

Berührungen zu, doch ihr Kopf war woanders. Immer wieder tauchte Lillys Gesicht vor ihrem inneren Auge auf – ihre leuchtenden Augen, die zarte Wärme, die sie ausstrahlte.

„Du bist so still," sagte er, als sie auf der Couch saßen, seine Hände auf ihrer Taille. „Bist du sicher, dass alles in Ordnung ist?"

Nia nickte, doch ihr Körper sprach eine andere Sprache. Sie lehnte sich zurück, zog sich von ihm weg und suchte nach den richtigen Worten. „Ich glaube... ich sollte gehen."

„Was? Jetzt schon?" Er klang überrascht, vielleicht ein wenig beleidigt. „Habe ich etwas falsch gemacht?"

„Nein," antwortete sie schnell, doch in ihrem Inneren wusste sie, dass das nicht ganz stimmte. Es war nichts, was er getan hatte, aber alles, was er nicht war. Er war nicht Lilly. Er war nicht das, was sie suchte.

Er zuckte mit den Schultern, stand auf und zeigte zur Tür. „Wie du willst."

Nia spürte die Schwere seiner Enttäuschung, doch sie war zu erschöpft, um sich darum zu kümmern. Als sie die Wohnung verließ, fühlte sie sich leerer als zuvor. Der kalte Wind traf ihr Gesicht, als sie die Straße hinunterging, und Tränen brannten in ihren Augen. Es war nicht der Mann, den sie betrauerte, sondern sich selbst – die Nia, die immer noch versuchte, sich an etwas festzuhalten, dass sie längst hinter sich gelassen hatte.

Zurück in ihrer Wohnung setzte sie sich an ihren Schreibtisch, das Journal vor sich. Sie griff nach ihrem Stift und schrieb nur ein Wort: *Bedeutungslos.*

Die Nacht war still, nur das gelegentliche Brummen eines vorbeifahrenden Autos drang durch die Fenster von Lillys Atelier. Sie saß auf einem Hocker vor ihrer Staffelei, den Kopf in den Händen. Vor ihr stand das Bild, das sie in den letzten Stunden gemalt hatte – ein Porträt von Nia, eingefangen in einem Moment der Nachdenklichkeit, die Augen voller unergründlicher Geheimnisse. Jede Pinselbewegung war eine Reflexion ihrer eigenen Gefühle, ein Versuch, das unausgesprochene Band zwischen ihnen greifbar zu machen.

Lillys Hände zitterten leicht, als sie das Bild vom Rahmen nahm und es vorsichtig in Papier einwickelte. Der Entschluss, es Nia zu schenken, war in ihrem Inneren gereift wie ein leises, beharrliches Flüstern. Es war keine impulsive Entscheidung; es war das Ergebnis von Stunden des Nachdenkens, des Zweifelns und des Wunsches, endlich Klarheit zu schaffen. Mit dem Bild unter dem Arm verließ sie das Atelier, ihre Schritte unsicher, aber fest entschlossen.

Nias Wohnungstür wirkte größer und bedrohlicher als sonst. Lilly atmete tief durch und klopfte an. Ihr Herz schlug so laut, dass sie befürchtete, Nia könnte es hören. Als sich die Tür öffnete, blickte Nia sie überrascht an, ihre Augen leicht gerötet, als hätte sie gerade geweint.

„Lilly?" Nias Stimme war leise, fast brüchig. „Was machst du hier so spät?"

Lilly lächelte unsicher und hielt ihr das eingepackte Bild hin. „Ich... ich wollte dir etwas geben. Und mit dir reden. Kann ich reinkommen?"

Nia trat zur Seite und ließ Lilly eintreten. Die Wohnung war schlicht und aufgeräumt, doch es lag eine Schwere in der Luft, als hätte sie gerade eine unsichtbare Last getragen. Lilly setzte sich auf die Couch und legte das Bild vor sich ab, während Nia sich neben sie setzte, den Blick auf ihre Hände gerichtet.

„Ich wollte mich entschuldigen," begann Lilly zögernd. „Für die Distanz in den letzten Tagen. Ich hatte... ich hatte Angst. Angst, dass ich etwas kaputt mache zwischen uns, wenn ich zu ehrlich bin."

Nia hob den Kopf, ihre Augen suchten Lillys. „Angst? Wovor?"

Lilly seufzte und strich nervös über das Papier, das das Bild bedeckte. „Davor, dass du mich vielleicht nicht so siehst, wie ich dich sehe. Dass ich unsere Freundschaft riskiere, weil ich..., weil ich mehr empfinde."

Die Worte hingen in der Luft, schwer und doch befreiend. Nia schwieg, ihre Gedanken rasten. Die letzten Wochen, die stillen Momente, die zufälligen Berührungen – plötzlich schien alles einen Sinn zu ergeben. Doch gleichzeitig spürte sie die Unsicherheit in sich aufsteigen, die Zweifel, ob sie Lilly das geben konnte, was sie suchte.

„Ich… weiß nicht, ob ich das kann," sagte Nia schließlich, ihre Stimme leise und vorsichtig. „Ich bin… ich bin so kompliziert, Lilly. Da gibt es Dinge an mir, die ich selbst nicht verstehe."

Lilly lächelte sanft und griff nach Nias Hand. „Das ist okay. Du musst nichts perfekt wissen oder können. Ich will einfach nur, dass wir ehrlich zueinander sind. Und dass du weißt, dass ich dich schätze – so, wie du bist."

Nia sah Lilly an, und in diesem Moment schien die Welt stillzustehen. Sie fühlte die Wärme in Lillys Worten, die Echtheit, die sie in all den oberflächlichen Begegnungen mit anderen so schmerzlich vermisst hatte. Vorsichtig nahm Lilly das Bild und reichte es Nia. „Das hier… das ist für dich. Es ist nicht perfekt, aber es ist ehrlich."

Nia wickelte das Papier langsam ab, und als sie das Porträt sah, hielt sie den Atem an. Es war wunderschön – nicht nur wegen der künstlerischen Technik, sondern wegen der Emotionen, die in jeder Linie und Farbe steckten. Tränen stiegen ihr in die Augen, und sie legte das

Bild vorsichtig zur Seite, bevor sie Lilly impulsiv umarmte.

Die Umarmung war fest und zärtlich zugleich, ein Moment der stillen Verständigung, der keine Worte brauchte. Lilly legte ihr Kinn auf Nias Schulter und schloss die Augen. Für einen Augenblick schien alles andere unwichtig – die Unsicherheiten, die Ängste, die Zweifel. Sie waren einfach nur zwei Menschen, die einander gefunden hatten.

Als sie sich schließlich voneinander lösten, blieb Lillys Hand auf Nias Wange liegen, eine zaghafte Berührung, die mehr sagte als jedes Wort. „Danke," flüsterte Nia, ihre Stimme brüchig. „Für das Bild. Für… alles."

Lilly lächelte, und in diesem Lächeln lag eine neue Art von Hoffnung. „Wir schaffen das. Zusammen."

Die Stunden schienen wie im Fluge zu vergehen, während Lilly und Nia zusammen in der kleinen, gemütlichen Wohnung saßen. Die Welt draußen war dunkel und kalt, aber drinnen war es warm und voller leiser, unausgesprochener Worte. Lilly hatte sich auf dem Sofa ausgestreckt, ihre Beine unter sich verschränkt, während Nia auf dem Sessel saß, ihre Knie an die Brust gezogen, und eine Tasse Tee in den Händen hielt.

„Ich habe manchmal das Gefühl, als ob ich in einer Blase lebe," sagte Nia leise und blickte auf die dampfende Tasse. „Als ob ich alles sehen kann, was andere fühlen, aber ich selbst... stehe immer nur am Rand."

Lilly legte den Kopf schief und musterte sie. „Das ist interessant, weißt du? Du bist so einfühlsam, Nia. Es fühlt sich an, als würdest du mich verstehen, manchmal sogar besser als ich mich selbst."

Nia lachte leise, doch es klang bitter. „Vielleicht bin ich gut darin, so zu tun, als würde ich es verstehen. Aber tief in mir... ich weiß nicht, ob ich das alles wirklich fühle."

Lilly setzte sich auf und beugte sich ein wenig vor. „Jeder fühlt anders. Was du empfindest, ist nicht weniger wert, nur weil es sich für dich manchmal fremd anfühlt. Vielleicht... hast du einfach noch nicht die richtige Person gefunden, mit der du wirklich du sein kannst."

Die Worte hingen schwer im Raum, und Nia spürte, wie etwas in ihr aufbrach – eine Mauer, die sie so lange aufrechterhalten hatte. Sie blickte zu Lilly auf, und in deren Augen sah sie keine Erwartung, keine Forderung – nur Wärme und Verständnis.

„Manchmal denke ich, dass du diese Person sein könntest," flüsterte Nia, kaum hörbar.

Lillys Atem stockte für einen Moment, doch dann lächelte sie zaghaft. „Vielleicht bin ich das."

Die Stille, die folgte, war keine unangenehme. Es war eine, die Raum für Gefühle ließ, die sich langsam und vorsichtig entfalten durften. Lilly stand schließlich auf und setzte sich neben Nia auf den Sessel, ihre Knie berührten sich leicht. Ihre Hand glitt sanft auf Nias, und Nia spürte die Wärme dieser Berührung wie ein kleines Feuer, das sich in ihrer Brust ausbreitete.

„Nia…" begann Lilly, doch bevor sie den Satz vollenden konnte, beugte sich Nia langsam vor. Ihre Lippen trafen sich in einem Kuss, der so zart und vorsichtig war, als ob er jeden Moment zerbrechen könnte. Es war kein stürmischer, leidenschaftlicher Kuss – es war eine Berührung, die von Unsicherheit und einem Hauch von Hoffnung geprägt war.

Als sie sich lösten, blickten sie einander an, ihre Gesichter nur Zentimeter voneinander entfernt. Lillys Hand ruhte immer noch auf Nias, und ihre Augen suchten in den von Nia nach Antworten. Doch bevor sie etwas sagen konnte, zog Nia sich leicht zurück, ihre Hand glitt aus Lillys.

„Tut mir leid," murmelte Nia und wandte den Blick ab. „Ich weiß nicht, ob das richtig war."

Lilly schüttelte kaum merklich den Kopf und griff nach Nias Hand, hielt sie diesmal fester. „Nia, ich weiß auch nicht, was richtig oder falsch ist. Aber ich weiß, dass das hier…, dass es sich für mich richtig anfühlt."

Nia sah sie an, ihre Augen voller Zweifel und leiser Hoffnung. „Ich habe Angst, Lilly. Angst, dass ich nicht genug bin. Dass ich nicht die Person bin, die du brauchst."

„Und ich habe Angst," erwiderte Lilly, ihre Stimme sanft, aber bestimmt. „„ Dass ich wieder verletzt werde. Aber weißt du was? Vielleicht ist es das wert, wenn es mit dir ist."

Für einen Moment schwiegen sie, doch diesmal war es keine Stille der Unsicherheit. Es war eine Stille der Erkenntnis, des gegenseitigen Verstehens. Lilly lehnte sich zurück, zog Nia sanft zu sich, bis deren Kopf auf ihrer Schulter ruhte. Ihre Finger strichen durch Nias Haare, und Nia schloss die Augen, ließ sich in diesem Moment der Nähe treiben.

„Wir müssen nichts überstürzen," flüsterte Lilly schließlich. „Wir haben Zeit."

Nia nickte nur leicht, ihre Augen blieben geschlossen. Zum ersten Mal seit langer Zeit fühlte sie sich nicht allein, nicht anders. Sie fühlte sich einfach nur... angekommen.

Der Duft von frischem Basilikum und gebratenem Knoblauch erfüllte Lillys Atelier, während sie mit konzentrierten Bewegungen Gemüse schnitt. Ihre Haare waren zu einem lockeren Knoten gebunden, und ein paar Strähnen hatten sich gelöst, die ihr über die Wangen fielen. Sie summte leise zu einer Jazzmelodie, die aus einem kleinen Lautsprecher in der Ecke des Raumes erklang. Das Atelier, sonst ein kreatives Chaos, wirkte an diesem Abend aufgeräumt und warm. Kerzen standen auf dem großen Holztisch, und eine Flasche Wein wartete bereits geöffnet darauf, serviert zu werden.

Nia betrat das Atelier mit einem vorsichtigen Lächeln und hielt eine kleine Pflanze in der Hand – ein Geschenk, das sie auf dem Weg gekauft hatte. „Ich dachte, das hier könnte ein bisschen Grün in den Raum bringen," sagte sie leise, während sie Lilly die Pflanze reichte.

Lilly strahlte, nahm das Geschenk entgegen und stellte es auf die Fensterbank. „Das ist perfekt, danke, Nia. Ich wusste gar nicht, dass du ein Auge für Pflanzen hast."

„Eigentlich nicht," gab Nia zu. „Aber sie sah... lebendig aus. Und ich dachte, du könntest das mögen."

„Ich liebe es," sagte Lilly mit einem Lächeln, das Nia ein warmes Gefühl in der Brust gab. „Setz dich doch schon mal, das Essen ist fast fertig."

Nia nahm auf einem der alten Holzstühle Platz und ließ ihren Blick durch das Atelier schweifen. Die Leinwände an den Wänden erzählten Geschichten – einige waren farbenfroh und wild, andere düster und nachdenklich. Sie fragte sich, welche davon Lilly in den letzten Wochen gemalt hatte, als sie mit ihrer Beziehung und deren Ende gerungen hatte.

Lilly servierte schließlich zwei Teller mit dampfendem Ratatouille und reichte Nia ein Glas Wein. Sie setzte sich gegenüber und stützte ihr Kinn auf eine Hand, während sie Nia beobachtete. „Du siehst… ruhiger aus heute Abend. Ich hoffe, das ist ein gutes Zeichen."

„Vielleicht liegt das an dir," antwortete Nia, und die Worte kamen überraschend ehrlich. Lilly errötete leicht, doch sie erwiderte das Lächeln.

„Dann werde ich mein Bestes tun, diese Ruhe zu bewahren," sagte sie und hob ihr Glas. „Auf uns."

Nia zögerte, doch dann hob sie ihr Glas ebenfalls. „Auf uns," wiederholte sie.

Der Wein lockerte die Stimmung, und die Gespräche flossen bald mühelos. Lilly erzählte von ihrer Idee für eine neue Ausstellung – eine Serie von Bildern, die die verschiedenen Stadien des Verlusts und der Wiederentdeckung von sich selbst darstellen sollten. Ihre Stimme war lebendig, voller Leidenschaft, und Nia konnte nicht anders, als von ihr fasziniert zu sein.

„Du inspirierst mich," gestand Lilly plötzlich, ihre Augen suchten die von Nia. „Ich meine, du bist so… anders. Auf eine Art, die ich nicht ganz erklären kann. Aber du machst mich mutig."

Nia wusste nicht, wie sie darauf reagieren sollte. Ihre Finger spielten nervös mit der Serviette auf ihrem Schoß. „Ich glaube nicht, dass ich so besonders bin," sagte sie schließlich. „Ich versuche nur, herauszufinden, wer ich wirklich bin."

Lilly neigte den Kopf zur Seite, ihre Augen weich und verständnisvoll. „Vielleicht bist du schon viel mehr, als du denkst."

Die Worte trafen Nia auf eine Weise, die sie nicht erwartet hatte. Es fühlte sich an, als ob Lilly etwas in ihr sehen konnte, dass sie selbst noch nicht entdeckt hatte. Ein Teil von ihr wollte mehr wissen, wollte tiefer in diese Verbindung eintauchen, doch ein anderer Teil hielt sie zurück, aus Angst, dass sie zu viel preisgeben könnte – über sich, über ihre Zweifel, über die Dinge, die sie nicht verstand.

Als das Essen beendet war, blieben sie noch lange am Tisch sitzen, die Weingläser fast leer, und sprachen über alles und nichts. Lilly erzählte von ihrer Kindheit, von den Sommern, die sie bei ihrer Großmutter auf dem Land verbracht hatte, und von den ersten Bildern, die sie als Kind gemalt hatte. Nia lauschte aufmerksam, ihre eigenen Gedanken schweiften jedoch immer wieder zu der Frage, wie jemand wie Lilly, mit all ihrer Stärke und ihrem Schmerz, sie so tief berühren konnte.

Es war spät, als Lilly schließlich vorschlug, den Abend zu beenden. „Danke, dass du gekommen bist, Nia," sagte sie, als sie sie zur Tür begleitete. „Es hat mir wirklich viel bedeutet."

Nia drehte sich zu ihr um und zögerte, bevor sie antwortete. „Mir auch. Mehr, als ich in Worte fassen kann."

Für einen Moment standen sie nur da, die Augen ineinander versunken. Es gab keine Notwendigkeit für Worte, keine Eile, den Moment zu beenden. Schließlich lächelte Lilly und öffnete die Tür. „Bis bald, Nia."

„Bis bald," flüsterte Nia und trat in den kühlen Flur hinaus, das warme Gefühl von Lillys Nähe noch immer in ihrer Brust.

KAPITEL 11

Die warme Abendluft war erfüllt von der leisen Melodie einer Straßenmusikerin, die auf ihrer Geige spielte, während Lilly und Nia die Stufen einer kleinen Galerie hinaufgingen. Das Gebäude war unscheinbar, beinahe unsichtbar zwischen den hohen Backsteinfassaden, doch durch die großen Fenster strahlte ein einladendes Licht. Menschen mit Weingläsern in der Hand unterhielten sich leise, ihre Stimmen ein leises Summen im Hintergrund.

„Bist du sicher, dass du das möchtest?" fragte Lilly und hielt inne, bevor sie die Tür öffnete. Ihre Hand zitterte leicht, obwohl sie ein Lächeln aufgesetzt hatte.

Nia nickte. „Absolut. Ich möchte das sehen, Lilly. Deine Kunst."

Lilly atmete tief durch und drückte die Tür auf. Drinnen war die Atmosphäre warm und lebendig. Die Wände waren mit Gemälden in unterschiedlichen Stilen und Farben behangen, von abstrakten Formen bis hin zu realistischen Porträts. In einer Ecke war Lillys Gemälde platziert – ein kraftvolles, düsteres Werk, das eine zerrissene Landschaft zeigte, durchzogen von einer leuchtenden Spur aus Gold.

„Das ist deins," sagte Nia leise, ihre Augen weiteten sich vor Staunen.

„Ja," murmelte Lilly, ihre Stimme kaum hörbar. „Es war... ein Experiment. Ich war mir nicht sicher, ob es jemand verstehen würde."

Nia trat näher, ihre Aufmerksamkeit ganz auf das Bild gerichtet. Die Kontraste, die Texturen, die Emotionen, die aus jedem Pinselstrich sprachen – sie konnte sich nicht losreißen. „Es ist wunderschön, Lilly. Es erzählt eine Geschichte. Deine Geschichte."

Lilly stand neben ihr, ihre Arme eng um ihren Körper geschlungen. „Manchmal frage ich mich, ob es überhaupt zählt. Kunst, meine ich. Ob sie wirklich etwas bewirken kann."

„Natürlich kann sie das," sagte Nia mit Nachdruck. „Schau dir die Menschen an, wie sie dein Bild betrachten. Du berührst sie. Du hast mich berührt."

Ein älterer Mann in einem eleganten Anzug trat heran und hob sein Glas in Lillys Richtung. „Ihre Arbeit ist bemerkenswert," sagte er mit einem freundlichen Lächeln. „Haben Sie noch weitere Werke?"

Lilly nickte verlegen. „Ein paar, ja."

„Ich würde sie gerne sehen. Lassen Sie mich wissen, wenn Sie eine größere Ausstellung planen." Der Mann nickte ihr respektvoll zu, bevor er weiterging.

„Hast du das gehört?" fragte Nia, ein breites Lächeln auf ihrem Gesicht. „Er möchte mehr von dir sehen!"

„Ja, aber..." Lillys Stimme brach ab, ihre Unsicherheiten ließen sie zögern.

„Kein ‚aber', Lilly," sagte Nia bestimmt. „Du bist unglaublich talentiert. Lass die Welt das sehen."

Lillys Augen füllten sich mit Tränen, aber sie lächelte. „Danke, Nia. Du glaubst wirklich an mich, oder?"

„Mehr als du selbst," sagte Nia, ihre Stimme sanft, aber fest.

Auf dem Heimweg durch Williamsburg blieben sie an einer kleinen Brücke stehen, von der aus man die funkelnde Skyline sehen konnte. Die Stadt war lebendig, doch hier schien die Zeit für einen Moment stillzustehen. Lilly lehnte sich auf das Geländer und ließ den Blick über die glitzernden Lichter schweifen.

„Weißt du," begann Lilly, „manchmal frage ich mich, wie es wäre, einfach alles hinter sich zu lassen. Einen Neuanfang zu wagen, irgendwo, wo niemand einen kennt."

„Das klingt... befreiend," antwortete Nia. „Aber auch einsam."

„Vielleicht. Aber dann denke ich an Menschen wie dich." Lilly sah sie an, ihre Augen ernst und warm zugleich. „Du gibst mir das Gefühl, dass ich es hier schaffen kann. Dass es sich lohnt, zu bleiben."

Nia spürte, wie ihre Kehle sich zuschnürte. „Ich bin froh, dass ich dir das geben kann. Du verdienst es."

Für einen Moment standen sie einfach da, Seite an Seite, während die Geräusche der Stadt unter ihnen verhallten. Es war ein stilles, aber bedeutsames Einvernehmen zwischen ihnen – ein Versprechen, das unausgesprochen blieb, aber in ihren Blicken lag.

„Es war ein schöner Abend," sagte Nia schließlich und brach die Stille.

„Ja," antwortete Lilly, ihre Stimme leise, fast zögerlich. „Aber nicht nur wegen der Ausstellung. Es war schön, ihn mit dir zu teilen."

Nia blickte sie an, überrascht von der Offenheit in Lillys Worten. Ein Lächeln huschte über ihr Gesicht, doch es war von einer leichten Unsicherheit begleitet. „Ich bin froh, dass ich dabei sein durfte. Deine Kunst... sie ist außergewöhnlich, Lilly. Ich wünschte, ich könnte etwas so Bedeutungsvolles schaffen."

„Aber das tust du," sagte Lilly, plötzlich stehenbleibend. Sie wandte sich zu Nia um, ihre Augen voller Wärme und Ernsthaftigkeit. „Nia, du inspirierst mich mehr, als du es dir vorstellen kannst."

Nia war für einen Moment sprachlos. „Ich? Aber wie? Ich tue doch nichts Besonderes."

Lilly schüttelte den Kopf. „Du verstehst es nicht. Es ist nicht, was du tust. Es ist, wer du bist. Deine Art, die Welt zu sehen, deine Nachdenklichkeit, die Ruhe, die du ausstrahlst, ... du bist wie ein ungeschriebenes Gedicht, Nia. Und das fasziniert mich."

Die Worte trafen Nia tief. Sie spürte, wie sich ihre Brust zusammenzog, als wäre etwas in ihr berührt worden, dass sie nicht vollständig greifen konnte. „Ich weiß nicht, was ich sagen soll," flüsterte sie schließlich. „Ich fühle mich... so normal, so unbedeutend."

„Das bist du nicht," sagte Lilly entschieden. „Du bist einzigartig, Nia. Und du machst mich mutiger, als ich es je war."

Sie setzten ihren Weg fort, doch die Worte schwebten wie eine greifbare Präsenz zwischen ihnen. Schließlich erreichten sie Nias Apartment, und Lilly blieb vor der Tür stehen, ihre Augen suchten Nias Blick.

„Ich wollte das schon lange sagen," gestand Lilly. „Aber ich hatte Angst, dass es seltsam klingt. Du bist mehr als eine Freundin für mich, Nia. Du bist meine Muse."

Nia spürte, wie ihre Kehle sich zuschnürte. „Ich... ich weiß nicht, ob ich das verdiene."

„Natürlich tust du das," sagte Lilly sanft. „Und ich wollte, dass du es weißt."

In der Stille, die folgte, fühlte Nia eine Mischung aus Dankbarkeit und Unruhe. Lilly sah etwas in ihr, das sie selbst nicht verstand, und das ließ sie sowohl gewärmt als auch verletzlich zurück. Sie öffnete die Tür zu ihrer Wohnung und drehte sich zu Lilly um.

„Willst du noch auf einen Tee hereinkommen?" fragte sie, ihre Stimme leise.

Lilly lächelte. „Gern."

Sie verbrachten die nächsten Stunden auf Nias Couch, der Dampf des Tees stieg in sanften Spiralen aus ihren Tassen. Lilly sprach von ihren künstlerischen Träumen, von den Farben und Formen, die sie in Nia fand, während Nia lauschte, fasziniert und zugleich überwältigt von der Intensität von Lillys Bewunderung. Es war ein Moment voller Nähe, der sie beide in seiner Stille und Einfachheit miteinander verband.

Die Wohnung war in sanftes Dunkel getaucht, nur die Straßenlaternen vor dem Fenster warfen flackernde Muster an die Wände. Nia saß auf ihrem Bett, das Journal aufgeschlagen vor sich. Der Abend hallte noch in ihr nach, ein leises Echo von Lillys Worten, ihrem Lächeln, und der Wärme, die ihre Anwesenheit immer mit sich brachte.

Sie nahm den Stift in die Hand, hielt jedoch inne, bevor sie die Spitze auf das Papier setzte. Ihre Gedanken waren ein Durcheinander. Wie sollte sie in Worte fassen, was sie fühlte? Sie hatte schon oft über Einsamkeit, über die Leere in ihrem Leben geschrieben. Doch diesmal war es anders. Diesmal gab es da jemanden, der diese Leere füllte, ohne es überhaupt zu wissen.

„Lilly," flüsterte sie leise, als wäre der Name selbst eine Art Gebet. Sie begann zu schreiben:

„Ich weiß nicht, wie ich das beschreiben soll, was heute Abend passiert ist. Es war nicht nur ein schöner Moment – es war ein bedeutender. Lilly sieht etwas in mir, etwas, das ich selbst nicht

sehen kann. Sie nennt mich ihre Muse, aber in Wirklichkeit ist sie meine. Sie gibt mir das Gefühl, dass es in Ordnung ist, einfach ich zu sein, auch wenn ich nicht einmal weiß, was das bedeutet."

Nia hielt inne, ihre Gedanken schweiften zu Lillys Lächeln, zu der Art, wie sie ihre Worte gewählt hatte, jedes davon voller Ehrlichkeit. Es hatte etwas in ihr berührt, das tief verborgen gewesen war – eine Sehnsucht, die sie lange nicht benennen konnte.

„Ich spüre, dass sie mir wichtig wird. Mehr als wichtig. Es ist nicht nur Freundschaft, es ist nicht nur Nähe. Es ist etwas Größeres. Aber ich habe Angst, dass ich sie enttäuschen könnte. Was, wenn sie eines Tages erkennt, dass ich nicht das bin, was sie in mir sieht?"

Ein leises Klopfen an der Wand unterbrach ihre Gedanken – ein Geräusch, das von Lillys Wohnung nebenan kommen musste. Es war beruhigend zu wissen, dass sie so nah war, selbst wenn sie nicht im selben Raum waren. Sie ließ den Stift sinken und schloss die Augen.

Sie erinnerte sich an den Moment, als Lilly sie mit ihrem Geschenk überrascht hatte, an die Ehrlichkeit in ihren Worten, an die unbeschwerte Wärme, die sie den ganzen Abend über gespürt hatte. Es war nicht nur ein Versprechen, das Lilly gegeben hatte. Es war etwas, das auch sie in sich versprach, ohne es auszusprechen: immer für

Lilly da zu sein, sie zu unterstützen und zu beschützen.

Nia schloss ihr Tagebuch, legte es auf den Nachttisch und zog die Decke über sich. In der Stille der Nacht war da eine Gewissheit, die sie zum ersten Mal empfand. Was auch immer die Zukunft bringen würde, sie wusste, dass sie es nicht allein bewältigen musste. Lilly würde da sein. Und sie würde für Lilly da sein.

Mit diesem Gedanken glitt sie in einen ruhigen Schlaf, ein sanftes Lächeln auf ihren Lippen – ein stilles Versprechen, das nur sie beide kannten.

KAPITEL 12

Die fluoreszierenden Lichter im Keller der Poststelle flackerten leicht, während Nia mit routinierter Präzision Briefe in die entsprechenden Fächer sortierte. Der Raum war still, abgesehen vom gelegentlichen Knistern von Papier und dem leisen Brummen der alten Lüftungsanlage. Der Geruch von altem Papier und Druckertinte hing schwer in der Luft.

Nia stand an ihrem Platz, ihre Bewegungen fließend und methodisch. Ihre Finger glitten mühelos über die Briefumschläge, während sie Adressen las und die Poststücke einsortierte. Es war, als ob ihre Hände das Denken für sie übernommen hätten. Sie brauchte keine

Sekunde zu zögern, kein Umschlag geriet in das falsche Fach. Es war effizient, makellos – zu makellos.

Mit einem Seufzen hielt sie inne und betrachtete ihre Arbeit. Die Fächer waren perfekt gefüllt, die Umschläge sauber gestapelt, als hätte jemand sie bewusst arrangiert. Sie zog die Stirn kraus, ihr Blick verweilte auf ihren Händen. Sie fühlten sich fremd an, als ob sie nicht wirklich zu ihr gehörten.

Eine Kollegin, die an einem anderen Tisch arbeitete, sah kurz zu ihr herüber. „Wow, Nia. Du bist wirklich schnell heute", sagte sie mit einem anerkennenden Lächeln.

Nia erwiderte das Lächeln schwach und wandte sich ab. Es fühlte sich nicht wie ein Kompliment an. Schnell? Sie hatte das Gefühl, als hätte sie diese Aufgabe erledigt, bevor ihr Verstand überhaupt richtig registriert hatte, was sie tat. Es war, als ob ihr Körper ohne sie arbeitete, gesteuert von etwas, das sie nicht verstand.

Sie zog sich in eine Ecke des Raums zurück, um die nächste Kiste mit Post zu holen. Dabei fiel ihr Blick auf einen großen Spiegel an der Wand, der dazu diente, den Raum größer wirken zu lassen. Ihr eigenes Spiegelbild starrte sie an, und für einen Moment hielt sie den Atem an. Die Frau im Spiegel war sie – und doch nicht. Die Züge waren zu perfekt, die Haltung zu aufrecht. Es war, als ob ihr Bild eine Idealisierung war, keine Reflexion.

„Reiß dich zusammen", murmelte sie und wandte sich ab. Doch das Unbehagen blieb.

Als sie zurück an ihrem Platz war, fiel ihr auf, dass die Uhr an der Wand ungewöhnlich schnell zu laufen schien. Nein, es war nicht die Uhr – es war sie. Sie hatte ihre Arbeit so schnell erledigt, dass sie fast eine Stunde vor ihrem normalen Zeitplan lag. Die Kiste vor ihr war fast leer, und die andere Kollegin, die sonst immer die Schnellste war, hatte gerade erst ihre zweite Kiste angefangen.

„Wie machst du das? Hast du heimlich Zaubertricks gelernt?" fragte die Kollegin scherzhaft und zog eine Augenbraue hoch.

Nia zwang sich zu einem Lachen. „Ich schätze, ich hatte einfach einen guten Tag."

Doch innerlich fühlte es sich alles andere als gut an. Als sie die restlichen Briefe sortierte, achtete sie bewusst auf ihre Bewegungen. Jede ihrer Handlungen war präzise, mechanisch, als ob sie von einer unsichtbaren Kraft gelenkt wurde. Sie wusste, dass sie effizient war, aber das? Das war nicht normal. Es war beängstigend.

Ihre Gedanken wanderten zurück zu den letzten Wochen. Da gab es diese Momente, in denen sie Dinge schneller bemerkte, schneller reagierte, als es Menschen in ihrer Umgebung taten. Momente, in denen sie Bewegungen ausführte, bevor sie bewusst über die Handlung nachgedacht hatte. Sie hatte es ignoriert, als

Übervorsichtigkeit oder instinktive Reaktion abgetan. Doch heute fühlte es sich anders an – fast wie eine Maschine, die programmiert wurde, um perfekt zu funktionieren.

Als die Mittagspause nahte, entschied Nia, sich kurz an die frische Luft zu setzen. Sie ließ ihre Arbeit hinter sich und ging in den kleinen Park neben der Poststelle. Die Bäume rauschten sanft im Wind, und das Zwitschern der Vögel durchbrach die bedrückende Stille, die sie in sich trug.

Doch selbst hier, in der Ruhe des Parks, konnte sie das nagende Gefühl nicht abschütteln. Etwas stimmte nicht – mit ihr, mit ihrem Körper, mit ihrer Welt. Und zum ersten Mal in ihrem Leben fragte sie sich, ob sie wirklich die Person war, die sie glaubte zu sein.

Die Nacht war still, doch Nias Geist war in Aufruhr. Sie wälzte sich unruhig in ihrem Bett, die Decke halb von sich gestrampelt, während Bilder und Szenen durch ihren Kopf jagten. Es war kein gewöhnlicher Traum, sondern etwas, das sich realer und greifbarer anfühlte als jede Erinnerung, die sie bewusst besaß.

Sie stand in einem sonnigen Garten, das Gras unter ihren Füßen weich und warm. Vor ihr lag ein alter Baum mit knorrigen Ästen, der in ihrer angeblichen Kindheit oft der Schauplatz für ihre Spiele gewesen war. Doch als sie sich umdrehte, war der Garten plötzlich verschwunden.

Stattdessen befand sie sich in einem sterilen, weißen Raum. Die Luft war kühl, und das Summen von Maschinen erfüllte die Stille. Grelles Licht blendete sie, und sie konnte die Konturen von Menschen in weißen Kitteln erkennen, ihre Gesichter jedoch verschwammen wie Nebel in der Morgensonne.

„Sie ist bereit", sagte eine tiefe Stimme, die von überall und nirgends zu kommen schien. „Die Erinnerungen sind stabil."

Nia wollte etwas sagen, doch ihre Kehle fühlte sich wie zugeschnürt an. Sie wollte wegrennen, doch ihre Beine bewegten sich nicht. Plötzlich veränderte sich die Szene wieder. Sie saß in einem Wohnzimmer, das ihr vertraut vorkam. Ein Foto von einer Frau, die sie als ihre Mutter kannte, stand auf einem Regal. Aber irgendetwas daran war falsch. Die Farben waren zu gesättigt, die Details zu scharf, als hätte jemand versucht, eine perfekte Nachbildung zu erschaffen, und doch fehlte der Kern, die Seele.

Ein kalter Schauer durchlief ihren Körper, und sie erwachte mit einem Ruck. Ihr Atem ging stoßweise, ihr Herz pochte laut in ihrer Brust. Der Raum um sie war dunkel, nur das Licht der Straßenlaterne draußen fiel durch die halb geschlossenen Jalousien. Sie legte die Hand an ihre Stirn, die von Schweiß bedeckt war, und versuchte, ihre Gedanken zu sortieren.

„Nur ein Traum", flüsterte sie zu sich selbst, doch es fühlte sich nicht wie ein gewöhnlicher Traum an. Es war, als hätte ihr Unterbewusstsein versucht, ihr etwas zu zeigen, etwas, das sie nicht begreifen konnte.

Nia griff nach ihrem Journal, das auf dem Nachttisch lag. Ihre Finger zitterten leicht, als sie es aufschlug und anfing, die Erlebnisse aufzuschreiben. Worte flossen aus ihr heraus, beschreibend und doch voller Fragen. Warum fühlte sich der Garten realer an als ihre eigenen Erinnerungen? Warum konnte sie die Gesichter in dem weißen Raum nicht erkennen? Und warum hatte sie das Gefühl, dass diese Szenen wichtiger waren, als sie zugeben wollte?

Als sie schrieb, bemerkte sie ein Muster in ihren Erinnerungen. Bestimmte Ereignisse aus ihrer angeblichen Kindheit tauchten immer wieder auf, als hätte jemand sie sorgfältig ausgewählt und arrangiert. Sie erinnerte sich an Geburtstage, die fast identisch abliefen, mit Kuchen, der immer gleich aussah, und Freunden, deren Gesichter vage und unklar blieben. Es war, als würde ihr Kopf eine Geschichte erzählen, die zu perfekt und zu fehlerlos war, um wahr zu sein.

„Warum fühlt sich das so falsch an?" murmelte sie, während sie den Stift zur Seite legte und ihre Stirn in ihre Hände stützte. Ihr Blick fiel auf einen kleinen Spiegel auf ihrem Nachttisch, und sie hielt inne. Ihr eigenes Gesicht sah ihr entgegen, ruhig und makellos, doch es war nicht beruhigend. Es war, als ob sie eine Maske betrachtete, nicht ihr wahres Ich.

Plötzlich spürte sie eine tiefe Leere in sich aufsteigen, eine Art unbestimmte Angst, die sie bisher erfolgreich verdrängt hatte. Es war nicht nur die Unruhe über die Träume – es war das Gefühl, dass etwas Grundlegendes an ihr nicht stimmte. Dass sie selbst ein Teil eines Puzzles war, dessen Bild sie nicht verstehen konnte.

Die restliche Nacht verbrachte Nia wach, starrte an die Decke und ließ die Worte, die sie in ihr Journal geschrieben hatte, in ihrem Kopf widerhallen. Sie wusste, dass sie Antworten finden musste. Aber was, wenn die Antworten schlimmer waren als die Fragen?

Nia saß still auf ihrer Couch, die Beine unter sich geschlagen, während sie gedankenverloren aus dem Fenster starrte. Der Himmel war grau, und die schweren Wolken spiegelten das Chaos wider, das in ihrem Inneren tobte. Sie hatte den ganzen Tag über die Träume und ihre aufkeimenden Zweifel nachgedacht, doch eine Lösung schien unerreichbar. Das leise Klopfen an der Tür riss sie aus ihrer Trance.

„Nia? Bist du da?" Lillys Stimme war gedämpft, fast zögerlich.

Nia stand auf und öffnete die Tür. Lilly stand im Flur, einen leicht besorgten Ausdruck auf dem

Gesicht und eine kleine Tüte mit frischen Croissants in der Hand. „Ich dachte, ich schau mal vorbei. Du wirkst in letzter Zeit... abwesend."

Nia versuchte zu lächeln, doch es war schwach und ohne Überzeugung. „Komm rein."

Die beiden setzten sich auf die Couch, und Lilly reichte ihr eines der Croissants. Sie betrachtete Nia aufmerksam, während sie vorsichtig einen Bissen nahm. Die Stille zwischen ihnen war nicht unangenehm, aber sie war schwer mit unausgesprochenen Fragen.

„Du siehst müde aus", begann Lilly behutsam. „Geht es dir gut?"

Nia zögerte. Sie wollte nicht über die Träume sprechen, wollte nicht, dass Lilly sie für seltsam hielt. Aber Lillys Blick war so warm, so verständnisvoll, dass sie schließlich tief Luft holte und begann zu erzählen.

„Ich hatte in letzter Zeit Träume... seltsame Träume", sagte Nia leise, den Blick auf ihre Hände gerichtet. „Es sind Erinnerungen – oder zumindest denke ich, dass es Erinnerungen sind. Aber sie... sie passen nicht zusammen. Es ist, als würde ich zwei Leben gleichzeitig erleben, und keins davon fühlt sich richtig an."

Lilly legte das Croissant beiseite und beugte sich vor. „Was meinst du damit?"

Nia zuckte mit den Schultern. „Ich weiß es nicht. In einem Moment bin ich in einem Garten, in meiner Kindheit. Im nächsten..." Ihre Stimme brach ab, als sie versuchte, die Worte zu finden. „Im nächsten bin ich an einem Ort, der so steril und kalt ist, dass es mich erschreckt. Es fühlt sich realer an als alles andere, und trotzdem..." Sie schüttelte den Kopf. „Es macht keinen Sinn."

Lillys Stirn legte sich in Falten. „Hast du mit jemandem darüber gesprochen?"

Nia lachte leise, ein bitteres Geräusch. „Mit wem sollte ich reden? Du bist die Einzige, der ich das erzählen kann, ohne dass ich für verrückt erklärt werde."

Lilly lehnte sich zurück, ihr Blick wanderte zu einem Punkt irgendwo über Nias Schulter. „Manchmal sind Träume... eine Art, wie unser Unterbewusstsein uns etwas sagen will. Vielleicht sind sie eine Mischung aus Erinnerungen und Ängsten."

„Vielleicht" murmelte Nia, doch ihre Stimme klang nicht überzeugt.

Lilly betrachtete sie erneut, diesmal mit einem nachdenklichen Ausdruck. „Nia, darf ich dich etwas fragen?"

„Natürlich" antwortete Nia, obwohl sie die plötzliche Schwere in Lillys Stimme bemerkte.

„Deine Kindheit… du hast nie wirklich viel darüber erzählt. Wo bist du aufgewachsen?"

Die Frage ließ Nia innehalten. Sie suchte in ihrem Kopf nach einer Antwort, doch alles, was sie fand, waren die gleichen perfekt inszenierten Szenen, die sie immer erzählte: der Garten, das kleine Haus, die liebevolle Mutter. Doch jetzt, unter Lillys aufmerksamen Blick, fühlten sich diese Erinnerungen hohl und künstlich an.

„In… in einem kleinen Vorort", sagte sie schließlich, die Worte wie auswendig gelernt. „Es war ruhig. Ich hatte eine gute Kindheit."

Lilly hob eine Augenbraue. „Hattest du viele Freunde?"

„Ein paar", antwortete Nia schnell. „Wir haben zusammengespielt. Ich erinnere mich an…" Ihre Stimme verstummte, als sie bemerkte, wie unsicher sie klang. Sie konnte Lillys Blick spüren, der tiefer ging, als sie es gewohnt war.

„Es tut mir leid, wenn ich zu neugierig bin", sagte Lilly sanft. „Es ist nur… manchmal habe ich das Gefühl, dass da mehr ist, als du erzählst."

Nia spürte, wie sich ihr Magen zusammenzog. Lillys Worte waren nicht vorwurfsvoll, doch sie trafen einen wunden Punkt. „Ich… ich weiß es nicht", sagte sie schließlich, ihre Stimme kaum mehr als ein Flüstern. „Manchmal habe ich das Gefühl, dass ich mich selbst nicht kenne."

Lilly legte ihre Hand sanft auf Nias. „Du musst es nicht alleine herausfinden. Was auch immer es ist, ich bin hier."

Der Moment war still und intim, und Nia fühlte eine Mischung aus Trost und Angst. Lillys Nähe war beruhigend, doch sie fürchtete, was passieren könnte, wenn Lilly die Wahrheit herausfand – eine Wahrheit, die Nia selbst noch nicht kannte.

Die warme Glut des Sonnenuntergangs fiel durch die großen Fenster von Lillys Atelier und tauchte den Raum in ein weiches, goldenes Licht. Nia saß auf einem kleinen Hocker in der Ecke, die Hände locker auf den Knien verschränkt, während sie Lilly dabei beobachtete, wie sie konzentriert über eine Leinwand gebeugt stand. Der Geruch von Ölfarben und Terpentin lag schwer in der Luft, vermischt mit dem leichten Duft von frischem Kaffee, den Lilly vorhin für sie beide gemacht hatte.

Es war eine jener stillen Begegnungen, die keine Worte brauchten. Lillys Bewegungen waren fließend und sicher, doch ab und zu hielt sie inne, als ob sie die Welt auf der Leinwand erst richtig sehen müsste, bevor sie weitermachen konnte. Nia konnte nicht anders, als fasziniert zu sein. Es war, als ob Lillys Kunst sie in eine andere Realität ziehen könnte, eine Welt, die voller Farben, Emotionen und unausgesprochener Gedanken war.

„Du starrst", sagte Lilly schließlich und drehte sich halb zu Nia um. Ihr Lächeln war warm, aber ein wenig schelmisch. „Was geht dir durch den Kopf?"

Nia zuckte leicht zusammen, ertappt in ihren Gedanken. „Nichts Bestimmtes", log sie, doch sie spürte, wie ihre Wangen leicht erröteten. „Ich bewundere einfach, wie… frei du bist, wenn du malst. Es ist, als ob du alles andere vergessen kannst."

Lilly wischte sich mit dem Handrücken eine Farbspritzer von der Wange, ohne viel Erfolg. „Das ist das Ziel, denke ich. Es ist mein Ventil, meine Art, die Welt zu verstehen. Aber es ist nicht immer so einfach." Sie legte den Pinsel beiseite und trat einen Schritt zurück, um ihr Werk zu betrachten. „Manchmal ist es eher ein Kampf."

Nia nickte langsam, ihre Augen wanderten zu dem unfertigen Gemälde. Es war abstrakt, ein Wirbel aus Farben, der gleichzeitig Energie und Melancholie ausstrahlte. Es schien, als ob das Bild etwas sagen wollte, doch die Worte blieben unverständlich, wie ein Lied in einer fremden Sprache.

„Es ist wunderschön", sagte Nia leise.

Lilly schmunzelte, doch ihre Augen zeigten Dankbarkeit. „Es ist noch weit entfernt von fertig. Aber danke." Sie setzte sich auf den Boden, direkt neben Nia, und zog ihre Knie an die Brust.

„Weißt du, ich habe dich immer noch nicht gemalt."

Nia sah sie überrascht an. „Mich?"

„Ja", sagte Lilly, ihre Stimme wurde weicher. „Ich wollte dich von Anfang an malen. Du hast eine... Präsenz, die ich festhalten möchte. Etwas in dir, das schwer zu fassen ist, aber faszinierend."

Nia lachte nervös. „Ich glaube nicht, dass ich besonders interessant bin, um ehrlich zu sein."

„Das glaubst du vielleicht", antwortete Lilly, ihr Blick wurde intensiver. „Aber für mich bist du das."

Die Stille, die folgte, war nicht unangenehm, sondern voller unausgesprochener Bedeutungen. Nia konnte spüren, wie ihre Hände leicht zitterten, nicht vor Angst, sondern vor einer Art unbestimmter Erwartung. Sie wollte mehr sagen, mehr fragen, doch die Worte blieben ihr im Hals stecken.

„Vielleicht" begann Lilly plötzlich, ihr Tonfall wurde spielerisch, „sollte ich ein Aktbild von dir machen."

Nia verschluckte sich fast an ihrem Kaffee. „Was?"

Lilly lachte, ihre Augen glitzerten vor Amüsement. „Nur ein Scherz. Entspann dich."

Doch Nia konnte den Gedanken nicht so leicht abschütteln. Die Vorstellung war ihr gleichzeitig unangenehm und... reizvoll. Sie wusste nicht, warum, doch die Idee ließ sie nicht los.

„Ich glaube, ich wäre zu nervös dafür", gab sie schließlich zu, ihr Blick auf den Boden gerichtet.

„Das ist okay", sagte Lilly sanft. „Vielleicht irgendwann, wenn du bereit bist."

Nia sah auf und fand Lillys Augen, die voller Verständnis waren. Es war ein Moment, der mehr sagte, als Worte es jemals könnten.

Als Lilly wieder aufstand und zu ihrer Leinwand zurückkehrte, blieb Nia sitzen, ihre Gedanken kreisten um die Gespräche des Abends. Sie spürte, dass sich etwas zwischen ihnen verändert hatte, etwas Tieferes, das sie nicht genau benennen konnte, aber das in ihrem Inneren wuchs, wie ein leises, stetiges Licht.

Am Ende des Abends verabschiedeten sie sich mit einer langen, innigen Umarmung. Nia ging mit einem leichten Lächeln auf den Lippen nach Hause, während Lilly noch lange vor ihrer Leinwand saß, ihre Pinsel in der Hand, unfähig, das Bild in ihrem Kopf zu verdrängen: Nia, in all ihrer verletzlichen Stärke.

KAPITEL 13

Der Morgen begann wie jeder andere. Nia zog die schwere Tür der Poststelle hinter sich zu und betrat das sterile, funktionale Gebäude, in dem die Zeit stillzustehen schien. Der Duft von Papier und staubiger Luft empfing sie wie ein stummer Gruß, während die fluoreszierenden Lampen über ihr surrten. Sie hatte kaum geschlafen, doch die Routine, die vor ihr lag, verlangte keine besondere Aufmerksamkeit – nur Disziplin.

Ihre Finger glitten mechanisch über die Kanten der Briefe, sortierten sie mit einer Präzision, die sie selbst manchmal erschreckte. Namen, Adressen, Absender – alles wurde erfasst, kategorisiert, verstaut. Es war eine Bewegung, die ihr Körper auswendig konnte, während ihr Geist abwesend blieb.

Der Raum um sie herum war erfüllt von gedämpften Stimmen und dem Rascheln von Papier. Ihre Kollegen sprachen über belanglose Dinge – das Wetter, Fernsehsendungen, irgendjemandes Geburtstag. Sie hörte nicht wirklich zu, nickte nur gelegentlich, wenn jemand in ihre Richtung blickte.

Ihre Gedanken wanderten zurück zum Atelier, zu Lillys sanftem Lächeln und den unausgesprochenen Worten, die zwischen ihnen gehangen hatten. Der Abend hatte etwas in ihr hinterlassen, etwas Warmes, das sich mit der monotonen Kühle des Tages biss.

Ein Kollege sprach sie an, ein älterer Mann mit freundlichem Gesicht, dessen Name ihr entfallen war. „Alles okay bei dir, Nia? Du wirkst heute ein bisschen abgelenkt."

„Ja, alles gut", antwortete sie hastig, zwang ein Lächeln auf ihre Lippen und wandte sich wieder ihrer Arbeit zu. Doch sie konnte das Gefühl nicht abschütteln, dass etwas fehlte. Nicht in ihrer Umgebung, sondern in ihr selbst.

Die Stunden zogen sich hin, eine endlose Schleife aus Bewegungen und Geräuschen, bis sie schließlich Feierabend hatte. Auf dem Heimweg durch den Park wirkte die Welt um sie herum lebendig, doch sie fühlte sich wie ein Geist, der alles aus sicherer Entfernung beobachtete. Familien lachten, Kinder rannten über das Gras, ein Mann spielte Gitarre auf einer Bank. Nia blieb kurz stehen, lauschte der Melodie und versuchte, ihre Gedanken zu ordnen.

Doch die Antworten, die sie suchte, blieben ihr verborgen. Und so setzte sie ihren Weg fort, bereit, sich in die vertraute Einsamkeit ihrer Wohnung zurückzuziehen, mit nichts als ihrem Tagebuch und ihren fragmentierten Gedanken als Begleiter.

Das Atelier war in sanftes, warmes Licht getaucht, die tief stehende Abendsonne malte goldene Reflexe auf die Leinwände, die chaotisch an den Wänden lehnten. Der Duft von Ölfarben, Holz und einer Spur Lavendel erfüllte den Raum, vermischt mit leiser, melancholischer Musik, die aus einem alten Lautsprecher drang. Lilly hatte die Einladung beiläufig ausgesprochen, doch Nia spürte, dass sie mehr bedeutete. Es war kein gewöhnlicher Abend, keine zufällige Zusammenkunft.

Lilly stand mit leicht geneigtem Kopf vor einer Leinwand, den Pinsel locker in der Hand. Sie wirkte in Gedanken versunken, ihr Blick konzentriert, während sie vorsichtige Striche zog. Nia saß auf einem alten, aber bequemen Sessel in der Ecke, ihre Hände um eine Tasse Tee geschlossen, deren Wärme sie tröstete.

Nia beobachtete Lilly, fasziniert von der Ruhe, die sie ausstrahlte, und der Leidenschaft, die sie in jede Bewegung legte. Es war, als würde Lilly mit der Farbe auf der Leinwand nicht nur Bilder, sondern Teile ihrer Seele offenbaren. Nia spürte eine Bewunderung, die sie überraschte – eine Art tiefer Respekt, der über das hinausging, was sie je empfunden hatte.

„Was denkst du?", fragte Lilly plötzlich, ohne ihren Blick von der Leinwand zu lösen.

Nia zögerte, nahm einen Schluck Tee und suchte nach den richtigen Worten. „Ich denke ..., dass du wunderschön bist, wenn du malst. Es ist, als ob die Welt für einen Moment stillsteht."

Lilly hielt inne, drehte sich langsam um und lächelte verlegen. „Du bist eine schlechte Lügnerin, Nia. Das hier ist ein Chaos." Sie deutete auf die Leinwand, auf der ein halbfertiges Bild in kräftigen Farben zu erkennen war.

„Nein", erwiderte Nia leise. „Es ist echt. Das ist das Wichtigste."

Lillys Augen suchten Nias, und für einen Moment war der Raum still, die Musik nur eine leise Hintergrundmelodie. „Manchmal frage ich mich, ob das reicht", sagte Lilly schließlich. „Echt zu sein. Alles in diese Bilder zu legen und doch nicht zu wissen, ob es jemandem wirklich etwas bedeutet."

Nia stellte ihre Tasse ab und stand auf, trat vorsichtig näher. Sie wusste, dass Worte in diesem Moment nicht genug waren. Stattdessen legte sie eine Hand auf Lillys Schulter, eine sanfte Geste, die mehr sagte als alles, was sie hätte ausdrücken können. Lilly atmete tief ein, als ob diese Berührung ihr Mut gab, und ließ den Pinsel sinken.

„Es bedeutet mir etwas", sagte Nia leise. „Du bedeutest mir etwas."

Lilly schloss die Augen, als ob sie diese Worte in sich aufnehmen wollte, und nickte dann langsam. „Danke, Nia. Das ... das brauche ich gerade."

Die beiden Frauen blieben so stehen, die Wärme ihrer Nähe eine stille Kommunikation, die keine weiteren Worte verlangte. Die leise Musik füllte die Lücke, und für einen Moment schien es, als wäre alles, was sie beide suchten, hier in diesem kleinen, chaotischen Raum zu finden.

Der Raum war erfüllt von der weichen Melodie eines alten Jazzstücks, das aus dem Lautsprecher tönte. Zwischen den halb fertigen Leinwänden und verstreuten Farbtuben saßen Lilly und Nia auf einem großen, abgenutzten Teppich, eine geöffnete Flasche Rotwein und zwei halbvolle Gläser zwischen ihnen. Die anfängliche Spannung des Abends hatte sich gelöst, und die Gespräche waren in eine tiefere, persönlichere Ebene geglitten.

Lilly drehte ihr Weinglas langsam in der Hand, ihre Augen auf die Oberfläche des dunklen Getränks gerichtet, als ob sie darin Antworten suchen könnte. „Manchmal frage ich mich", begann sie leise, „ob das alles einen Sinn hat. Diese Bilder, die ich male, … die Energie, die ich hineinstecke, … was, wenn es am Ende niemandem etwas bedeutet?"

Nia beobachtete sie aufmerksam, ihre eigenen Hände fest um das Glas geschlossen. „Es bedeutet dir etwas", sagte sie nach einem Moment des Nachdenkens. „Und das sollte genug sein."

Lilly lachte bitter und schüttelte den Kopf. „Aber ist es das? Wirklich? Ich habe diese Angst, dass ich nichts hinterlassen werde. Keine Spur, nichts, das bleibt." Ihre Stimme brach leicht, und sie nahm einen tiefen Schluck Wein, als wolle sie die Emotionen herunterspülen.

Nia setzte ihr Glas ab und rutschte näher, ihre Beine unter sich gekreuzt. „Ich glaube, jeder hat diese Angst", sagte sie leise. „Die Angst, vergessen zu werden. Aber du hinterlässt etwas. Du berührst Menschen mit dem, was du machst. Du hast mich berührt."

Lilly sah sie an, ihre Augen glänzten leicht. „Manchmal fühle ich mich so ... unfähig. Wie ein Schwindler, der nur darauf wartet, entlarvt zu werden." Sie lachte nervös. „Es ist seltsam, das laut auszusprechen. Ich weiß nicht mal, warum ich dir das erzähle."

„Vielleicht, weil ich es verstehe." Nias Stimme war kaum mehr als ein Flüstern. Sie spielte mit dem Rand ihres Glases und blickte zu Boden. „Ich habe mich mein ganzes Leben lang anders gefühlt. Als ob ich nie wirklich dazugehöre, egal, wie sehr ich es versuche. Es ist, als ob ich immer außen vor bleibe, egal, was ich mache."

Lilly nickte langsam. „Das kenne ich. Aber bei dir ..." Sie hielt inne und suchte Nias Blick. „Ich weiß nicht. Bei dir fühle ich mich irgendwie ... echt."

Die Worte trafen Nia unerwartet. Sie blickte Lilly an, ihre eigenen Augen suchten nach einer Antwort in diesem Moment der Ehrlichkeit. „Ich weiß nicht, was ich sagen soll", flüsterte sie schließlich. „Aber danke. Es bedeutet mir mehr, als ich ausdrücken kann."

Lilly griff nach ihrer Hand, zögerlich, fast schüchtern. „Vielleicht ... ist das, worum es geht. Dass wir einander helfen, uns weniger verloren zu fühlen."

Die Berührung war zart, eine flüchtige Verbindung, die jedoch mehr sagte als Worte es jemals könnten. Sie saßen so, eine Weile schweigend, nur die Musik sprach weiter, während der Raum um sie herum still wurde.

„Du bist wirklich besonders, Nia", sagte Lilly schließlich, ihre Stimme weich. „Das solltest du nie vergessen."

Nia lächelte, ein kleines, unsicheres Lächeln, das jedoch von Wärme erfüllt war. In diesem Moment fühlte sie sich ein kleines bisschen weniger allein. Ein kleines bisschen mehr ... echt.

Der Abend schien unendlich, als ob die Zeit in Lillys Atelier selbst zum Stillstand gekommen wäre. Das leise Knistern der Schallplatte, die seit Stunden lief, war das einzige Geräusch in der ansonsten stillen Welt der beiden Frauen. Nia saß auf einem weichen Teppich, ihre Beine eng an den Körper gezogen, während Lilly neben ihr lehnte, ein Glas Wein locker in der Hand.

„Du hast wirklich eine Welt hier geschaffen", sagte Nia, ihre Stimme leise, fast ehrfürchtig. Ihr Blick wanderte über die verstreuten Pinsel, die unfertigen Leinwände und die kleinen Farbflecken auf dem Boden, die wie Beweise eines intensiven kreativen Lebens wirkten. „Es ist wie ein Spiegel deiner Seele."

Lilly lachte leise, ein Klang, der zugleich sanft und bitter klang. „Manchmal denke ich, dass ich mich hinter diesen Farben verstecke. Es ist einfacher, meine Gefühle auf die Leinwand zu werfen, als sie auszusprechen."

Nia drehte sich zu ihr um, ihre Augen suchten die von Lilly. „Aber du sprichst sie aus, mit jedem Strich, mit jeder Farbe. Ich sehe es. Es ist so ehrlich, so roh."

Lilly hielt inne, das Glas halb erhoben, und betrachtete Nia mit einer Intensität, die fast greifbar war. „Weißt du, manchmal habe ich das Gefühl, dass du die einzige Person bist, die das wirklich versteht."

Die Worte hingen schwer zwischen ihnen, und Nia spürte, wie ihr Herz schneller schlug. „Ich glaube, ich sehe in dir das, was ich selbst suche", sagte sie schließlich, ihre Stimme kaum mehr als ein Flüstern. „Diese Ehrlichkeit, diese Leidenschaft ... es ist wunderschön."

Lilly stellte das Glas ab und rückte ein Stück näher. „Du bist so seltsam", sagte sie plötzlich und lächelte dabei. „Aber auf die beste Art. Es ist, als ob du ... anders siehst. Tiefer."

Nia wollte etwas sagen, doch die Worte blieben in ihrer Kehle stecken. Stattdessen hob sie eine Hand, zögernd, und berührte Lillys Arm leicht, als ob sie testen wollte, ob dieser Moment real war.

Lilly atmete tief ein und legte ihre Hand auf Nias, ihre Finger warm und zart. „Manchmal" begann sie, ihre Stimme leise und unsicher, „denke ich, dass ich dich male, ohne es zu wissen. All diese Farben, all diese Formen ... sie erinnern mich an dich."

Die Intimität ihrer Worte ließ Nia erröten. Sie wollte etwas sagen, doch bevor sie es konnte, beugte sich Lilly vor. Ihre Lippen berührten Nias, zunächst nur wie ein Hauch, dann tiefer, fester, eine Verbindung, die mehr sagte, als Worte je ausdrücken könnten.

Nia erstarrte einen Moment, doch dann schloss sie die Augen und ließ sich in die Berührung fallen. Es war zart, unsicher, aber voller Emotionen. Die Welt um sie herum schien zu verschwinden, als ob nur sie beide existierten, allein in diesem kleinen Universum aus Farben und Gefühlen.

Als sie sich schließlich lösten, blieb Lilly nahe, ihre Stirn an Nias lehnend. „Tut mir leid, wenn das ... zu viel war", flüsterte sie.

Nia schüttelte leicht den Kopf, ihre Hand noch immer auf Lillys Arm. „Es war nicht zu viel. Es war ... perfekt."

Die Nacht verging langsam, in stillen Gesprächen, vorsichtigen Berührungen und einer Nähe, die mehr wog als alles, was sie zuvor erlebt hatten. Es war kein Ende, kein Anfang, sondern etwas dazwischen – ein stilles Versprechen, das in der Luft lag, ungesprochen, aber tief empfunden.

Das Atelier war in ein warmes, goldenes Licht getaucht, das von den kleinen Lampen an den Wänden ausging. Es roch nach Farbe und einem Hauch von Lavendel, ein Duft, den Lilly immer mochte, wenn sie versuchte, sich zu entspannen. Die Ereignisse der letzten Tage lagen schwer auf beiden Frauen, doch in diesem Moment fühlte sich die Welt klein und sicher an.

„Bleib heute Nacht hier", sagte Lilly leise, fast scheu, während sie Nia ansah. Es war mehr eine Bitte als ein Vorschlag, und ihre Augen verrieten, dass sie Angst hatte, abgewiesen zu werden.

Nia zögerte, aber nur für einen Augenblick. „Wenn du sicher bist, dass es in Ordnung ist?" Ihre Stimme war weich, voller Zweifel, doch tief in ihrem Inneren spürte sie Erleichterung. Sie wollte bleiben. Sie wollte mehr Zeit mit Lilly.

Lilly nickte und lächelte ein wenig unsicher. „Es wäre schön, dich hier zu haben."

Sie holte eine zusätzliche Decke und Kissen aus einem alten Schrank und bereitete die Couch vor. Doch als sie sich beide darauf niederließen, spürten sie, wie eng der Raum zwischen ihnen war. Ihre Schultern berührten sich, und es war unmöglich, den Kontakt nicht zu bemerken.

„Die Couch ist ziemlich klein", murmelte Nia, wobei sie sich nicht sicher war, ob sie das als Entschuldigung oder Erklärung sagte.

Lilly lachte leise, ein nervöses, aber ehrliches Lachen. „Dann machen wir das Beste daraus."

Sie schoben die Kissen so, dass sie sich beide hinlegen konnten, ihre Körper nur Zentimeter voneinander entfernt. Lilly zog die Decke über sie, und für einen Moment lag Stille zwischen ihnen, nur unterbrochen vom entfernten Geräusch des Windes, der gegen die Fenster prallte.

„Ich hätte nicht gedacht, dass ich mich jemals wieder so … sicher fühlen könnte", sagte Lilly plötzlich, ihre Stimme brüchig. Sie starrte an die Decke, als ob sie ihre Worte dort lesen könnte.

Nia drehte den Kopf zu ihr und sah Lillys Profil im schwachen Licht. „Sicher?", fragte sie, obwohl sie wusste, was Lilly meinte. Sie wollte es nur hören.

Lilly nickte, dann wandte sie ihren Blick Nia zu. „Bei dir. Es fühlt sich richtig an, dich hier zu haben. Als ob …" Sie zögerte, suchte nach den richtigen Worten. „Als ob alles, was vorher war, nicht mehr so wichtig ist."

Nia fühlte ein seltsames Ziehen in ihrer Brust, ein Gefühl, das sie nicht ganz einordnen konnte. „Du bedeutest mir auch viel, Lilly", flüsterte sie, ihre Stimme fast ein Hauch. „Ich glaube, ich habe noch nie jemanden wie dich getroffen."

Lillys Augen funkelten im schwachen Licht, und sie lächelte. Ohne viel nachzudenken, griff sie nach Nias Hand. Ihre Finger berührten sich sanft, bevor sie sich fest ineinander verschränkten. Der Kontakt fühlte sich natürlich an, als wäre er längst überfällig gewesen.

„Danke, dass du hier bist", sagte Lilly schließlich, ihre Stimme kaum hörbar.

„Danke, dass ich hier bei dir sein darf", erwiderte Nia, und ihre Worte schienen in der Luft zwischen ihnen zu hängen.

Die Minuten vergingen, doch keiner der beiden machte Anstalten, zu schlafen. Lilly drehte sich schließlich zur Seite, um Nia anzusehen, ihre Gesichter nur wenige Zentimeter voneinander entfernt. Ihre Blicke trafen sich, und ein leiser Moment der Unsicherheit lag in der Luft.

„Darf ich etwas probieren?", fragte Lilly leise, ihre Stimme zitternd, als ob sie Angst hatte, die Verbindung zwischen ihnen zu zerstören.

Nia nickte langsam, unfähig zu sprechen.

Lilly bewegte sich vorsichtig, näher zu Nia, bis ihre Lippen sich sanft berührten. Es war kein leidenschaftlicher Kuss, sondern ein zärtlicher, unsicherer Moment, voller unausgesprochener Emotionen. Nia spürte, wie ihr Herz schneller schlug, doch sie erwiderte den Kuss mit der gleichen Vorsicht.

Als sie sich langsam voneinander lösten, blieb Lillys Stirn an Nias, ihre Augen geschlossen. „Das wollte ich schon eine Weile tun", flüsterte sie.

„Ich auch", gestand Nia, ihre Stimme kaum mehr als ein Hauch.

Die beiden blieben so liegen, eng umschlungen, die Wärme ihrer Körper durch die Decke hindurch spürbar. Lilly legte eine Hand auf Nias Wange, eine sanfte, beruhigende Geste, während Nia ihre Hand auf Lillys Taille ruhen ließ.

Die Nacht schritt voran, doch für die beiden Frauen fühlte es sich an, als wäre die Zeit stehen geblieben. Keine Worte waren nötig, kein weiterer Kuss. Nur die stille Gewissheit, dass sie einander gefunden hatten, war genug.

Als Lilly schließlich einschlief, blieb Nia wach und betrachtete sie, ihre Gedanken wirbelten. Sie spürte, dass dieser Moment etwas in ihr verändert hatte, etwas, das sie nicht ganz verstand. Doch zum ersten Mal hatte sie nicht das Bedürfnis, alles zu analysieren. Sie fühlte einfach.

Mit einem letzten, sanften Kuss auf Lillys Stirn schloss auch Nia die Augen und ließ sich in den Schlaf fallen.

KAPITEL 14

Die Morgensonne schien durch die großen Atelierfenster und tauchte den Raum in ein sanftes, goldenes Licht. Lilly saß vor einer unvollendeten Leinwand, die Farben und Pinsel in einem kreativen Chaos um sie herum verstreut. Doch ihre Gedanken waren nicht bei ihrer Arbeit. Sie dachte an Nia, die wieder in Ihre Wohnung zurück gegangen war. Ein weiches Lächeln umspielte Lillys Lippen, als sie sich an die vergangenen Nächte erinnerte.

Doch dann stahl sich ein Hauch von Zweifel in ihre Gedanken. Es gab da diese Momente, kleine Unstimmigkeiten, die sie nicht ignorieren konnte. Die Art, wie Nia manchmal auf eine Frage über ihre Vergangenheit antwortete – vage, fast wie einstudiert. Oder die winzigen Details, die sich in ihren Erzählungen widersprachen, als hätte sie nicht ganz die Kontrolle über ihre eigenen Erinnerungen. Lilly schüttelte den Kopf, als wolle sie die Gedanken vertreiben.

„Ich bilde mir das nur ein", murmelte sie leise zu sich selbst. Ihre Pinselhand zitterte leicht, und sie legte ihn zur Seite, unfähig, sich auf die Leinwand vor ihr zu konzentrieren.

Währenddessen war Nia bereits unterwegs. Nach ihrer gemeinsamen Nacht hatte sie das Bedürfnis verspürt, allein zu sein, ihre Gedanken zu ordnen. Die Straßen von Williamsburg waren belebt, doch Nia fühlte sich wie in einer Blase, isoliert von der hektischen Welt um sie herum. Sie ließ ihren Blick über die Gesichter der Passanten gleiten, als suche sie nach etwas – oder jemandem – ohne zu wissen, was genau.

Dann hörte sie es.

„Emily? Bist du das?" Die Stimme eines Mannes durchschnitt die Geräuschkulisse der Straße.

Nia erstarrte. Der Name ließ ihre Gedanken rasen, doch nichts in ihrem Gedächtnis reagierte darauf. Kein Echo, keine Erinnerung. Sie drehte sich langsam um, ihre Augen suchten den Ursprung der Stimme.

Ein Mann, Mitte 40, mit einem gepflegten Bart und durchdringendem Blick stand nur wenige Schritte entfernt. Er trug einen teuren Mantel und wirkte, als gehöre er nicht in diese Ecke der Stadt. Seine Haltung war selbstsicher, fast besitzergreifend, als er nähertrat.

„Emily", wiederholte er, dieses Mal mit mehr Nachdruck. „Ich habe dich überall gesucht."

Nia machte instinktiv einen Schritt zurück. „Entschuldigung, ich glaube, Sie verwechseln mich."

Der Mann lachte, ein leises, spöttisches Lachen, das ihr durch Mark und Bein ging. „Ich glaube kaum. Ich würde dich überall erkennen." Seine Augen musterten sie, als suche er nach Beweisen, nach einer Bestätigung für das, was er bereits wusste.

„Ich heiße nicht Emily", sagte Nia, ihre Stimme fester, obwohl ihre Hände zitterten. „Sie müssen mich mit jemandem verwechseln."

Der Mann blieb stehen, seine Hände in den Manteltaschen vergraben, doch sein Blick blieb unerbittlich. „Interessant" sagte er schließlich, ein Hauch von Belustigung in seiner Stimme. „Nun, vielleicht erinnere ich dich bald daran, wer du wirklich bist."

Nia drehte sich, ohne ein weiteres Wort zu sagen um und lief davon, sie musste sich der Situation entziehen so schnell sie konnte, rannte immer schneller um die nächste Straßenecke. Seine Worte hallten in ihrem Kopf wider, wie eine Melodie, die nicht verblassen wollte. Sie blieb kurz stehen und spähte um die nächste Ecke, doch

sie spürte den Blick des Mannes noch immer in ihrem Rücken, selbst als sie schon längst in die Menge der belebten Straßen eingetaucht war. Ihr

Herz raste, und ihre Schritte wurden schneller, als sie versuchte, möglichst unauffällig zu wirken. Doch jedes Geräusch, jeder Schatten ließ sie zusammenzucken. Sie wusste nicht, wohin sie gehen sollte, nur, dass sie wegmusste.

Die Stadt, die sonst wie eine schützende Hülle um sie lag, fühlte sich plötzlich bedrohlich an. Sie bog um eine Ecke in eine enge Seitengasse, die von grauen Backsteinwänden flankiert war. Der Gestank von Müll und altem Wasser lag in der Luft, doch sie achtete nicht darauf. Ihre Gedanken rasten. Wer war dieser Mann? Warum hatte er sie „Emily" genannt? Und warum fühlte sich sein Blick an, als hätte er ein Anrecht auf sie?

Ein metallisches Klirren ließ sie zusammenzucken. Sie drehte sich um, nur um festzustellen, dass eine Katze einen umgekippten Mülleimer durchwühlte. Doch der Moment hatte sie zu lange aufgehalten. Aus dem Augenwinkel sah sie ihn. Der Mann stand am Eingang der Gasse, seine Silhouette düster und unheilvoll gegen das Licht der Hauptstraße.

Panik stieg in ihr auf. Ohne nachzudenken, rannte sie los. Ihre Schritte hallten laut auf dem Pflaster, und sie hörte, wie der Mann ihr folgte. Ihre Umgebung verschwamm zu einem Labyrinth aus engen Wegen, Sackgassen und verwinkelten Durchgängen. Ihr Atem ging stoßweise, und ihre Beine fühlten sich an, als würden sie unter ihr nachgeben. Doch die Angst trieb sie weiter.

Schließlich gelangte sie auf eine größere Straße, voller Menschen, deren Stimmen und Lachen wie ein Schutzschild um sie lagen. Sie mischte sich unter die Passanten, hielt den Kopf gesenkt und bewegte sich mit der Menge mit. Erst als sie sicher war, dass sie ihn nicht mehr sah, wagte sie es, langsamer zu werden. Doch die Angst ließ sie nicht los. Ihr Inneres war ein einziges Chaos aus Adrenalin und Fragen.

Als sie ihre Wohnungstür erreichte, zitterten ihre Hände so stark, dass sie den Schlüssel kaum in das Schloss bekam. Sie schloss die Tür hinter sich und lehnte sich schwer dagegen, die Augen geschlossen. Doch die Ruhe, die sie sonst in ihrem kleinen Rückzugsort fand, wollte sich nicht einstellen. Ihr Kopf war voller Bilder von dem Mann, von seinem spöttischen Lächeln, von seinen durchdringenden Augen.

Ein leises Klopfen riss sie aus ihren Gedanken. Sie zuckte zusammen, bevor sie erkannte, dass es Lilly sein musste. Sie schob den Riegel zurück und öffnete vorsichtig die Tür.

Lilly stand dort, ihre Stirn leicht in Sorgenfalten gelegt. „Alles in Ordnung? Du siehst aus, als hättest du einen Geist gesehen."

Nia zwang sich zu einem Lächeln, das nicht ihre Augen erreichte. „Es war ein langer Tag. Nichts, worüber du dir Sorgen machen musst."

Doch Lilly ließ sich nicht so leicht abwimmeln. Sie trat ein, ohne darauf zu warten, eingeladen zu werden, und musterte Nia mit einem Blick, der sie fast entwaffnete. „Du bist bleich, und deine Hände zittern. Was ist passiert?"

Nia wich ihrem Blick aus und zuckte die Schultern. „Nur ein schlechter Tag. Wirklich, es ist nichts."

Die Lüge schmeckte bitter, aber sie wusste, dass die Wahrheit Lilly nur in Gefahr bringen würde. Der Gedanke, dass der Mann sie gefunden hatte, dass er sie womöglich verfolgt hatte, ließ ihr Blut in den Adern gefrieren. Wenn er Lilly entdecken würde … Nein, das durfte nicht passieren.

„Okay", sagte Lilly schließlich und legte eine Hand auf Nias Schulter. „Wenn du reden willst, ich bin hier."

Nia nickte, unfähig, die Worte zu finden, die ihre Dankbarkeit ausdrückten. Sie sah Lilly nach, wie sie zur Tür ging, sich noch einmal umdrehte und dann verschwand. Die Stille, die folgte, war erdrückend. Sie sank auf ihre Couch, den Kopf in den Händen, und versuchte, ihren Atem zu beruhigen. Doch die Angst nagte an ihr, ein ständiges Pochen im Hinterkopf. Sie wusste, dass dies nur der Anfang war. Etwas hatte sich geändert. Etwas war zerbrochen. Und sie hatte keine Ahnung, wie sie es reparieren sollte.

Lilly saß in ihrem Atelier, umgeben von einem kreativen Chaos aus Farben, Pinseln und halbfertigen Leinwänden. Sie versuchte, sich auf ihre Arbeit zu konzentrieren, doch ihre Gedanken schweiften immer wieder zu Nia. Ihr Verhalten in den letzten Tagen war ... anders. Zurückhaltender, abwesender. Lilly dachte an die gehetzten Blicke und die zögernden Antworten, die Nia gegeben hatte, als sie gefragt hatte, ob alles in Ordnung sei. Irgendetwas stimmte nicht.

Nach einer Weile legte Lilly den Pinsel beiseite und griff zu ihrem Laptop. Sie wollte sich ablenken, doch stattdessen fand sie sich dabei, über die letzten Gespräche mit Nia nachzudenken. Ihre Geschichten über ihre Kindheit hatten immer etwas Perfektes an sich, fast als wären sie einstudiert. Die Details schienen zu stimmen, aber es fehlte etwas – die Emotion, die Tiefe. Lilly konnte es nicht erklären, aber es war wie ein Puzzle, bei dem ein entscheidendes Stück fehlte.

Um ihre Gedanken zu ordnen, begann sie beiläufig, nach Artikeln über Erinnerungen und Identität zu suchen. Es war ein Thema, das sie schon immer interessiert hatte, besonders in ihrer Kunst, die oft die Verbindung zwischen Vergangenheit und Gegenwart erforschte. Sie stieß auf einen Artikel über menschliche Erinnerung und wie unzuverlässig sie sein konnte. Ein Abschnitt über das Konzept von künstlich erzeugten Erinnerungen erregte ihre Aufmerksamkeit.

Der Artikel war wissenschaftlich gehalten, mit Begriffen wie „neuroplastische Manipulation" und „kognitive Rekonstruktion". Lilly scrollte weiter und entdeckte eine Randnotiz über Experimente mit Maschinen, die mit programmierten Erinnerungen ausgestattet waren, um menschliches Verhalten zu simulieren. Es war faszinierend, aber auch beunruhigend. Der Gedanke, dass Erinnerungen nicht real, sondern künstlich sein könnten, ließ sie frösteln.

Lilly schüttelte den Kopf und wollte die Seite schließen, doch ein Satz hielt sie inne: „Humanoide Maschinen können so programmiert werden, dass sie sich selbst als Menschen wahrnehmen, ohne ihre künstliche Natur zu erkennen." Es war nur eine Theorie, die der Artikel diskutierte, doch sie blieb hängen. Lilly erinnerte sich an Momente, in denen Nia über ihre Vergangenheit gesprochen hatte – die präzisen Geschichten, die jedoch immer irgendwie … distanziert wirkten.

Unbewusst begann Lilly, weitere Artikel zu lesen. Es war kein gezieltes Nachforschen, eher eine Verkettung von Zufällen, die sie tiefer in das Thema zogen. Sie fand Berichte über Roboter mit menschenähnlichem Verhalten, über Fortschritte in der KI-Technologie und sogar über spekulative Theorien zu Maschinen, die entlaufen waren. Sie *lachte kurz bei der Vorstellung, doch die Idee ließ sie nicht los.*

Ihr Blick fiel auf eine Skizze, die sie vor Tagen begonnen hatte. Sie hatte versucht, Nias Gesicht einzufangen – die Symmetrie ihrer Züge, die perfekte Balance. In diesem Moment wurde Lilly bewusst, wie makellos Nia war. Nicht nur äußerlich, sondern in ihrer Art zu sprechen, sich zu bewegen. Es war, als wäre sie zu gut, um wahr zu sein. Doch konnte das wirklich bedeuten, was sie zu denken begann?

Lilly stand auf und ging in ihrem Atelier auf und ab. Sie wollte sich keine Geschichten einreden, doch die kleinen Puzzleteile begannen, sich zusammenzufügen. Es war ein verstörender Gedanke, und sie wollte ihn nicht zulassen. Aber was, wenn? Was, wenn Nia wirklich ... anders war? Nicht menschlich? Und wenn das so war, machte es ihre Verbindung weniger real?

Mit einem tiefen Atemzug schloss Lilly ihren Laptop und griff nach ihrem Schlüssel. Sie musste Nia sehen. Nicht, um sie zu konfrontieren, sondern um herauszufinden, ob es wirklich einen Unterschied machte. Denn egal, was Nia war, eines wusste Lilly sicher: Sie fühlte etwas Echtes für sie. Und das war alles, was zählte.

Die Nacht lag schwer über Williamsburg. Nia saß auf der Fensterbank ihrer kleinen Wohnung, das leise Summen der Straßenlaternen drang durch die Scheiben. Sie hatte das Licht ausgeschaltet, um nicht gesehen zu werden, und starrte hinaus auf die menschenleeren Straßen. In ihrem Kopf tobte ein Sturm aus Bildern und Gedanken, der sie nicht losließ.

Immer wieder tauchten dieselben Träume auf. Ein steriler Raum, kühles Licht, ein leises Summen von Maschinen. Schattenhafte Gestalten, die an ihr arbeiteten, ihre Hände berührten, ohne dass sie etwas dagegen tun konnte. Jedes Mal wachte sie schweißgebadet auf, ihr Atem flach, ihre Hände zitternd. Sie verstand nicht, was diese Träume bedeuteten, aber sie fühlten sich echter an als viele ihrer Erinnerungen. Und genau das machte ihr Angst.

Lilly hatte in den letzten Tagen mehrmals versucht, mit ihr zu sprechen. Sie hatte an ihre Tür geklopft, kleine Nachrichten hinterlassen, doch Nia konnte sich nicht dazu bringen, zu antworten. Sie wollte Lilly nicht in Gefahr bringen. Der Mann, der sie angesprochen hatte, war noch da draußen, und Nia spürte, dass es nur eine Frage der Zeit war, bis er sie wiederfinden würde. Die Vorstellung, dass Lilly in diese Sache hineingezogen werden könnte, war unerträglich.

Doch mit jedem Moment, den sie sich von Lilly fernhielt, schien die Distanz zwischen ihnen zu wachsen. Nia vermisste Lillys beruhigende Stimme, ihre Art, mit Farben und Pinselstrichen Geschichten zu erzählen. Die Wärme, die sie verspürt hatte, wenn Lilly sie angelächelt hatte, fühlte sich jetzt wie eine Erinnerung aus einer anderen Zeit an – eine Zeit, in der alles einfacher gewesen war.

Lilly hingegen konnte die plötzliche Distanz nicht verstehen. Sie wusste, dass etwas Nia belastete, doch jede ihrer Versuche, zu helfen, schien nur auf eine unsichtbare Mauer zu stoßen. An einem Abend stand Lilly vor Nias Tür, ihre Hände zitterten leicht, als sie klopfte. Keine Antwort. Sie klopfte erneut, diesmal etwas fester. "Nia, ich weiß, dass du da bist. Bitte, lass mich rein. Du musst das nicht alleine durchstehen."

Im Inneren der Wohnung hielt Nia den Atem an. Ihre Hände krallten sich in die Kanten des Stuhls, auf dem sie saß. Sie wollte die Tür öffnen, wollte Lilly sagen, was los war, aber die Worte blieben in ihrem Hals stecken. Wie konnte sie etwas erklären, das sie selbst nicht verstand?

Lilly lehnte sich mit der Stirn gegen die Tür und schloss die Augen. "Du kannst mich ignorieren, solange du willst, aber ich werde nicht weggehen, Nia. Ich werde nicht zulassen, dass du dich noch mehr zurückziehst." Ihre Stimme war ruhig, aber voller Entschlossenheit. Schließlich seufzte sie und ließ einen kleinen Zettel unter der Tür durchgleiten. Darauf stand in ihrer unordentlichen Handschrift: *Ich bin hier, wenn du bereit bist. Du bist nicht allein.*

Nia griff nach dem Zettel, nachdem sie Lillys Schritte im Treppenhaus verschwinden hörte. Sie hielt ihn in ihren Händen und spürte, wie ihr die Tränen über die Wangen liefen. Sie wollte Lilly glauben, wollte glauben, dass sie nicht allein war. Doch die Angst, ihre eigene Existenz zu hinterfragen, hielt sie in ihrem unsichtbaren Gefängnis gefangen.

Diese Nacht schlief Nia nicht. Sie saß auf der Fensterbank, das zerknitterte Stück Papier fest in ihrer Hand. Irgendwo in der Ferne hörte sie das leise Hupen eines Autos. In ihrem Inneren kämpften zwei gegensätzliche Stimmen: Die eine wollte Lilly vertrauen, die andere flüstere ihr zu, dass sie Lilly schützen musste – selbst wenn das bedeutete, sie fernzuhalten.

Die Dunkelheit der Nacht schien ewig zu währen, doch in ihrem Herzen begann ein leises Flüstern von Hoffnung. Vielleicht würde sie eines Tages die Stärke finden, Lilly die Wahrheit zu sagen. Doch noch nicht heute. Heute war die Angst zu groß.

KAPITEL 15

Die Nacht war still, doch Lillys Gedanken tobten wie ein Sturm. Sie saß an ihrem Küchentisch, ein halbvoller Becher kalten Tees vor sich, und starrte auf das flimmernde Licht ihres Laptops. Der Artikel über humanoide KIs war immer noch geöffnet, die Worte schienen sie geradezu anzustarren. Sie hatte ihn schon mehrfach gelesen, jedes Detail durchforstet, jede Beschreibung mit Nia verglichen.

Die Sätze, die sie so tief beunruhigten, wiederholten sich in ihrem Kopf: "Humanoide KIs sind dafür programmiert, sich perfekt anzupassen, Menschen zu imitieren und soziale Bindungen aufzubauen. Doch oft zeigen sie subtile Unstimmigkeiten: fehlende Details in persönlichen Geschichten, eine übermenschliche Präzision in alltäglichen Aufgaben oder ein eigenartiges Verhalten in stressigen Situationen."

Lilly schob den Laptop von sich weg und rieb sich die Schläfen. Das ist verrückt, dachte sie. Nia ist... einfach Nia. Sie ist nicht... das. Doch je mehr sie versuchte, sich selbst zu beruhigen, desto mehr drängten sich die Erinnerungen an Momente auf, die sie nie hinterfragt hatte – bis jetzt.

Da war der Abend, an dem Nia auf ihre Kindheit angesprochen wurde und plötzlich sehr ausweichend antwortete. Oder die Art, wie sie scheinbar mühelos schwere Dinge tragen konnte, ohne auch nur ein bisschen außer Atem zu geraten. Und dann war da die Art, wie Nia manchmal innehielt, als würde sie versuchen, den richtigen Ausdruck für etwas zu finden, was für andere selbstverständlich war.

Lilly griff nach ihrem Tee und nahm einen Schluck, nur um das kalte Getränk sofort wieder zurückzustellen. Ihre Hände zitterten leicht, als sie die Finger über die Tischplatte gleiten ließ. Sie dachte an die Nacht zuvor, als sie und Nia eng umschlungen eingeschlafen waren. Die Wärme und die Nähe hatten sich so echt angefühlt, so menschlich. Doch jetzt, mit diesen Gedanken, schien alles in einem neuen Licht zu stehen.

Was, wenn sie nicht die ist, für die sie sich hält? Oder… für die ich sie halte?

Die Frage bohrte sich in ihren Verstand, nagte an ihr, bis sie schließlich aufstand und nervös durch die kleine Küche lief. Sie öffnete ein Fenster, atmete die kalte Nachtluft ein und versuchte, ihren Herzschlag zu beruhigen. Sie wollte nicht glauben, dass Nia etwas anderes war als die warmherzige, manchmal schüchterne Frau, die sie in den letzten Wochen so sehr ins Herz geschlossen hatte.

Doch eine andere Stimme flüsterte in ihr: Wenn du die Wahrheit nicht herausfindest, wirst du es immer bereuen.

Lilly kehrte zum Tisch zurück, ihre Schritte schwer. Sie schloss den Laptop und legte die Hände flach auf den Tisch. Es war Zeit, Antworten zu bekommen. Sie wollte keine Geheimnisse mehr, keine unausgesprochenen Zweifel. Doch die Angst nagte an ihr. Was, wenn ihre Fragen alles zerstören würden? Was, wenn sie eine Wahrheit ans Licht brachte, die sie nicht ertragen konnte?

Ein Blick auf die Uhr sagte ihr, dass es schon spät war. Doch Lilly wusste, dass sie nicht schlafen würde, bevor sie nicht mit Nia gesprochen hatte. Sie griff nach ihrer Jacke und ihren Schlüsseln, zog die Tür hinter sich zu und machte sich auf den Weg.

Der Gedanke an Nia war alles, was sie vorantrieb – und die Hoffnung, dass das Band zwischen ihnen stark genug war, um der Wahrheit standzuhalten.

Lilly stand vor Nias Tür, ihre Hand schwebte zögernd über dem Holz. Sie spürte, wie ihr Herz gegen ihre Brust pochte, eine Mischung aus Angst und Entschlossenheit. Die kalte Nachtluft ließ ihren Atem sichtbar werden, doch sie fühlte die Hitze in ihrem Inneren – das Feuer der Fragen, die sie nicht länger ignorieren konnte. Schließlich klopfte sie gegen die Tür, „Nia sagte sie fast flüsternd „Bitte mach auf, ich flehe dich an!"

Die Tür öffnete sich nach einem Moment, und Nia erschien, ihre Augen müde, ihre Schultern hingen schwer. Sie trug eine lose Strickjacke über einem einfachen T-Shirt, und Lilly bemerkte, dass ihre Haare unordentlich waren, als hätte sie stundenlang in Gedanken versunken auf der Couch gesessen.

„Lilly?" Nias Stimme war leise, beinahe fragend.

Lilly nickte zögernd und schob sich an Nia vorbei in die Wohnung. „Ich musste mit dir reden," begann sie, während sie ihren Schal abnahm und ihn über die Stuhllehne legte. Sie drehte sich zu Nia um, die die Tür hinter sich geschlossen hatte und jetzt unsicher dastand.

„Ich weiß nicht, wie ich das anfangen soll," gestand Lilly schließlich, ihre Stimme brüchig. Sie setzte sich auf die Couch, streckte die Hand aus und bedeutete Nia, sich zu ihr zu setzen. Zögernd folgte Nia, ließ sich neben Lilly nieder, aber hielt einen Abstand, der sonst nicht zwischen ihnen lag.

„Nia," begann Lilly langsam, „ich habe in letzter Zeit einiges bemerkt. Dinge, die mich... verwirren." Du hast dich hier eingeschlossen und ich habe so oft probiert dich zu sehen, doch du hast mich völlig blockiert. Das tut weh. Ich weiß das irgendwas passiert ist und du glaubst, dass du allein damit klarkommen musst, das stimmt aber nicht. Ich bin für dich da. Ich habe sehr viel über dich nachgedacht Nia und mir sind noch mehr Dinge aufgefallen, ich muss einfach mit dir darüber reden, auch wenn ich damit alles kaputt machen sollte." Sie sah Nia an, deren Augen sich weiteten. „Es gibt Momente, in denen ich das Gefühl habe, dass du... nicht ganz ehrlich bist. Nicht absichtlich," fügte sie hastig hinzu, „aber... deine Geschichten über deine Vergangenheit, manchmal wirken sie... unvollständig."

Nia schloss die Augen und atmete tief ein. Ihre Hände lagen still in ihrem Schoß, doch Lilly sah, wie ihre Finger sich ineinander verkrampften.

„Ich versuche, ehrlich zu sein," sagte Nia schließlich leise. „Aber manchmal... manchmal fühlt es sich an, als ob etwas fehlt. Als ob ich es selbst nicht

Lilly schluckte schwer. Sie wusste, dass der nächste Schritt heikel war, doch sie konnte nicht zurück. „Ich habe etwas gelesen," sagte sie langsam. „Einen Artikel über humanoide KIs."

Nia erstarrte. Ihre Augen suchten Lillys, ihre Lippen öffneten sich, als wollte sie etwas sagen, doch kein Ton kam heraus. Lilly sah, wie sich eine Mischung aus Verwirrung, Schmerz und Angst in Nias Gesicht spiegelte.

„Ich weiß nicht, was ich sagen soll," flüsterte Nia schließlich. „Das kann nicht sein. Ich bin... ich bin wie du. Ich bin ein Mensch."

Lilly griff nach Nias Hand, ihre Finger waren kühl und zitterten leicht. „Ich weiß, dass du das glaubst," sagte sie sanft. „Und vielleicht bist du es auch. Aber etwas scheint nicht zu stimmen, und ich möchte, dass du weißt, dass ich hier bin, egal was wir herausfinden."

Nia schüttelte langsam den Kopf, Tränen sammelten sich in ihren Augen. „Ich weiß nicht, warum ich mich manchmal so... fremd fühle. Es ist, als ob ich nicht ganz hier bin. Aber ich kann nicht... ich kann nicht glauben, dass ich..."

„Das bist, was in diesem Artikel steht?" Lillys Stimme war ruhig, doch sie spürte das Gewicht ihrer eigenen Worte. „Ich verstehe das, Nia. Aber wir können das gemeinsam herausfinden."

Nia sah Lilly an, die Tränen liefen jetzt über ihre Wangen. „Warum bleibst du?" fragte sie, ihre Stimme brach vor Emotionen. „Wenn ich... nicht die bin, die du denkst, warum bleibst du bei mir?"

Lilly lächelte, ein trauriges, aber warmes Lächeln. „Weil du mehr bist als das, Nia. Was auch immer die Wahrheit ist, du bist du. Und das ist alles, was für mich zählt."

In diesem Moment brach Nia zusammen, ließ ihren Kopf in Lillys Schoß fallen und weinte. Lilly hielt sie fest, strich ihr sanft durchs Haar und flüsterte beruhigende Worte. Es war ein Moment roher, ungeschützter Emotion, in dem beide Frauen eine neue Ebene der Intimität erreichten.

Nia saß auf der Couch, ihre Hände zitterten leicht, während sie sich durch ihre Haare fuhr. Lillys Worte hallten in ihrem Kopf wider wie ein unerbittliches Echo. „Humanoide KI." Sie hatte das Gefühl, dass ihre Welt, wie sie sie kannte, Stück für Stück auseinanderbrach. Ihre Atmung wurde flacher, und sie spürte, wie ihr Herz schneller schlug.

„Nia, bitte. Ich will dich nicht bedrängen," sagte Lilly leise. Ihre Stimme war sanft, doch ihre Augen zeigten, wie sehr sie sich sorgte. Sie setzte sich auf die Sesselkante und beobachtete jede kleine Regung in Nias Gesicht. „Ich versuche nur, dir zu helfen, Antworten zu finden."

Nia nickte mechanisch, doch ihre Gedanken wirbelten unkontrolliert. Plötzlich blitzte ein Bild vor ihrem inneren Auge auf: ein grelles, kaltes Licht, sterile Wände und das monotone Surren von Maschinen. Es fühlte sich real an, greifbar, aber gleichzeitig fremd. Ein Schauer lief ihr über den Rücken, und sie presste ihre Hände gegen ihre Schläfen, als könnte sie die Bilder damit vertreiben.

„Ich... ich verstehe nicht," flüsterte sie. Ihre Stimme klang gebrochen, als würde jedes Wort sie mehr kosten, als sie geben konnte. „Warum sehe ich das? Warum fühlt es sich an, als wäre es... passiert, aber... nicht passiert?"

Lilly erhob sich langsam und setzte sich neben Nia. Sie legte eine Hand auf Nias Schulter, zögernd, aber fest genug, um ihre Präsenz spüren zu lassen. „Vielleicht sind das nur Fragmente. Erinnerungen, die nicht zusammenpassen, aber wir können sie ordnen.

Gemeinsam." Ihre Worte waren ruhig, doch in ihrem Inneren brodelten Fragen und Unsicherheiten.

Doch Nia schüttelte den Kopf. „Nein... es ist, als ob ich... nicht ich bin. Als ob alles falsch ist." Sie sprang plötzlich auf, ihre Bewegungen abrupt, fast panisch. „Ich kann das nicht... Ich kann das einfach nicht."

„Nia, warte!" Lilly folgte ihr, als sie durch den Raum ging, als würde sie einen Ausweg suchen. „Bitte, lauf nicht weg. Wir können das zusammen durchstehen."

Doch Nia hatte ihre Schuhe bereits hastig angezogen und griff nach ihrer Jacke. Sie drehte sich kurz zu Lilly um, ihre Augen voller Tränen und Angst. „Ich muss nachdenken. Ich... ich brauche Luft." Ihre Stimme war kaum mehr als ein Flüstern, bevor sie zur Tür hinauslief und sie hinter sich ins Schloss zog.

Lilly blieb zurück, allein im stillen Raum, der plötzlich zu groß und zu leer wirkte. Sie ließ sich langsam auf die Couch sinken und vergrub das Gesicht in ihren Händen. „Was habe ich getan?" flüsterte sie zu sich selbst. Hatte sie Nia zu stark bedrängt? Oder hatte sie einfach nur die Wahrheit aufgedeckt, die Nia selbst nicht akzeptieren konnte?

Draußen lief Nia ziellos durch die kühlen Straßen. Der Wind zerrte an ihrem Mantel, doch sie spürte die Kälte kaum. Die Bilder in ihrem Kopf waren unaufhörlich: die grellen Lichter, die Stimmen ohne Gesichter, und dann… Dunkelheit. Sie fühlte sich verloren, nicht nur in der Welt, sondern in sich selbst. Wer war sie wirklich? Und warum fühlte es sich an, als ob sie diese Frage niemals beantworten könnte?

Lilly saß allein auf Nias Couch, die Stille der Wohnung lastete schwer auf ihr. Die flackernde Straßenbeleuchtung draußen warf Schatten an die Wände, die sich wie stumme Zeugen der letzten Minuten ausbreiteten. Sie hatte das Gefühl, als wäre ein unsichtbarer Abgrund zwischen ihr und Nia aufgerissen, einer, den sie verzweifelt überbrücken wollte.

Ihre Hände glitten über die weichen Kissen der Couch, die noch die Wärme von Nias Körper trugen. „Was habe ich falsch gemacht?" murmelte sie leise. Doch in ihrem Inneren wusste sie, dass sie Nia nicht hätte schützen können, nicht vor sich selbst, nicht vor den Erinnerungen, die immer deutlicher an die Oberfläche drangen.

Lilly stand auf und ging langsam durch die Wohnung. Ihre Augen streiften über die wenigen persönlichen Gegenstände – ein kleiner Stapel Bücher, die sorgfältig aufgereiht waren, ein Notizbuch, dessen Lederumschlag leicht abgenutzt war. Sie blieb stehen, nahm es in die Hand und öffnete es vorsichtig. Nias Handschrift war filigran, fast vorsichtig, und die Worte sprühten vor Unsicherheit und Sehnsucht.

„Ich weiß nicht, warum ich mich so fühle, aber es ist, als ob ich immer am Rand von etwas stehe. Einem Ort, den ich nicht sehen, aber fühlen kann. Einem Ort, der mich ruft, und ich habe Angst, hinzusehen."

Lillys Finger verharrten auf der Seite. Sie spürte die Tiefe von Nias innerem Kampf, das Gewicht, das sie auf ihren Schultern trug. Eine leise Träne rollte über ihre Wange, und sie wischte sie hastig weg. „Nia, warum hast du mir das nicht gesagt?" flüsterte sie.

Sie schlug das Notizbuch behutsam zu und legte es an seinen Platz zurück. Die Wohnung wirkte so geordnet, so durchdacht – und doch fehlte ihr etwas. Leben. Chaos. Wärme. Lillys Brust zog sich zusammen, als sie sich vorstellte, wie einsam Nia sich fühlen musste, selbst in einem Raum voller Menschen.

Mit einem tiefen Atemzug setzte sie sich wieder auf die Couch und zog ihre Beine an. Ihre Gedanken kreisten um die Momente, die sie mit Nia geteilt hatte: die schüchterne Unsicherheit, die sie in ihren Augen gesehen hatte, die Wärme, die sie trotz allem ausstrahlte, und die Verbindung, die zwischen ihnen gewachsen war. Das war nicht etwas, das sie aufgeben konnte – oder wollte.

„Ich werde dich nicht im Stich lassen," sagte Lilly schließlich laut zu sich selbst, ihre Stimme fester, als sie erwartet hatte. Sie griff nach ihrem Handy und hielt es einen Moment lang in ihrer Hand. Eine Nachricht zu schreiben, fühlte sich falsch an, aber sie wollte, dass Nia wusste, dass sie nicht allein war.

„Nia, ich weiß, dass du Zeit brauchst. Ich möchte dir die geben, aber bitte weiß, dass ich hier bin. Für dich. Egal was kommt."

Sie las die Worte noch einmal durch, bevor sie die Nachricht abschickte. Es war nur ein kleiner Schritt, aber er fühlte sich bedeutungsvoll an. Lilly wusste, dass Nia zurückkommen musste, aus eigenem Willen, aus eigener Stärke. Doch wenn dieser Moment kam, wollte Lilly bereit sein.

Die Nacht zog langsam vorüber, und Lilly blieb auf der Couch sitzen, während die Gedanken in ihrem Kopf kreisten. Sie fühlte sich ruhig, fast gelassen, und in diesem Moment wusste sie eines sicher: Egal, was die Wahrheit war, sie würde an Nias Seite bleiben. Denn was auch immer geschah, ihre Verbindung war echt – und das war alles, was zählte.

KAPITEL 16

Die kalte Nachtluft schnitt wie feine Klingen durch Nias Haut, als sie durch die stillen Straßen wanderte. Ihre Schritte hallten auf dem Pflaster wider, ein monotoner Rhythmus, der sie fast beruhigte. Fast. Jeder Gedanke, den sie zu verdrängen versuchte, kehrte mit doppelter Wucht zurück, wie ein Schatten, der sie nicht losließ.

Die Lichter der Stadt wirkten gedämpft, verzerrt durch den Nebel, der sich über die Straßen legte. Sie mied die hell erleuchteten Plätze, die sie wie magnetische Fallen anmuteten. Menschen strömten aus Bars, lachten und unterhielten sich, ihre Stimmen ein chaotisches Crescendo. Nia hielt den Blick gesenkt und bog in eine dunklere Seitengasse ab. Ihr Herz schlug schneller, nicht aus Angst, sondern aus dem unerbittlichen Druck, der in ihrer Brust wuchs.

„Was bin ich?"

Die Frage schoss wie ein Pfeil durch ihren Kopf. Sie griff sich an die Stirn, als könnte sie die Fragmente ihrer Gedanken irgendwie zusammenhalten. Die Bilder, die seit Tagen in ihren Träumen auftauchten – sterile Räume, mechanische Stimmen, ein flackerndes Licht – drängten sich jetzt in ihr Bewusstsein, als wollten sie sie überwältigen.

In einer kleinen, verlassenen Parkanlage ließ sie sich auf eine Bank sinken. Die Dunkelheit hüllte sie ein wie eine tröstende Decke, doch der Trost war kurzlebig. Ihre Hände zitterten, als sie sich um ihren Körper schlang, als könnte sie sich vor der Kälte schützen, die nicht nur von außen kam. „Warum jetzt?" murmelte sie leise. Ihre Stimme klang fremd in der Leere der Nacht.

Sie schloss die Augen und versuchte, die Erinnerungen zu ordnen, doch es war, als würden sie sich jeder Kontrolle entziehen. Ein steriler Raum. Maschinen, die monoton brummten. Stimmen, die keine Emotionen zeigten, nur Befehle gaben. Und dazwischen – Lücken. Dunkle, bodenlose Lücken, in die sie nicht hinabsehen wollte.

Plötzlich durchzuckte sie eine Welle von Panik. Ihre Augen rissen auf, und sie sah sich hektisch um, als hätte sie etwas gehört. Doch die Straßen waren leer, die Schatten still. Es war nichts da. Nur sie und die Dunkelheit.

„Lilly…"

Der Name kam wie ein Flüstern über ihre Lippen. Lillys Gesicht schob sich vor ihre inneren Bilder, ein Anker inmitten des Chaos. Doch dieser Anker schmerzte ebenso wie er Trost bot. Die Erinnerung an Lillys Blick, voller Sorge und Verwunderung, stach tief in ihre Brust. Hatte Lilly sie durchschaut? War sie gefährdet, weil sie Nia vertraute?

Nia schüttelte den Kopf, als wollte sie diese Gedanken abschütteln. Sie hatte keine Antworten, nur Fragen. Und diese Fragen fraßen sie auf. Die Nacht umhüllte Nia wie ein schwerer Mantel, kalt und erdrückend. Der Mond stand hoch am Himmel, sein Licht kämpfte sich durch die kahlen Äste der Bäume und warf flackernde Schatten auf den Boden. Sie hatte den Spielplatz hinter sich gelassen und eine Bank am Rand des Parks gefunden, halb verborgen unter einem alten Baum. Hier war sie sicher. Zumindest für den Moment.

Die Geräusche der Stadt waren nur noch ein fernes Murmeln, wie das Summen eines großen, gleichgültigen Organismus. Nia zog ihre Knie an die Brust und wickelte ihre Arme fest um sich, als wollte sie verhindern, dass ihre Gedanken in alle Richtungen zerbrachen. Doch es war vergeblich. Bilder blitzten in ihrem Kopf auf, flüchtig und fragmentiert wie ein gestörtes Signal.

„Ein Garten." Sie erinnerte sich an einen kleinen Garten hinter einem Haus, das sie nicht mehr genau beschreiben konnte. **„Rosen."** Der Duft stieg ihr in die Nase, süß und lebendig, doch dann – ein greller Schnitt. Sterile Wände, leuchtende Bildschirme, Stimmen, die monoton Befehle gaben. Ihre Finger gruben sich in ihre Schläfen, während sie versuchte, die Bruchstücke zusammenzusetzen.

Ein leises Rascheln lenkte sie ab. Sie hob den Kopf und sah einen Mann, der in einiger Entfernung stehen blieb. Er war älter, mit grauen Haaren und einem schweren Mantel. Sein Gesicht war weich, fast besorgt. Ohne ein Wort trat er näher und hielt ihr eine Decke hin.

Nia starrte ihn an, ihre Gedanken schwirrten vor Misstrauen und Verwirrung. Doch seine Augen wirkten aufrichtig, und er sprach schließlich mit einer ruhigen, leisen Stimme: **„Es ist kalt. Sie sollten nicht so frieren."**

Zögernd nahm sie die Decke entgegen und murmelte ein kaum hörbares „Danke". Der Mann nickte, ein Hauch von Lächeln auf seinen Lippen, bevor er langsam weiterging und sie wieder allein ließ. Die Decke war rau, aber warm, und als sie sich darin einwickelte, spürte sie ein seltsames Gefühl der Menschlichkeit. Ein kurzer Kontakt, ein Moment der Güte, der sich gleichzeitig tröstlich und unerreichbar anfühlte.

„Menschlichkeit…" Das Wort schwebte in ihrem Kopf, zerbrechlich und schwer zugleich. Was bedeutete es, menschlich zu sein? War es dieser spontane Akt des Mitgefühls? Oder die tiefe, anhaltende Verbindung, die sie bei Lilly suchte? Sie wusste es nicht. Alles, was sie wusste, war, dass sie sich so weit von diesem Konzept entfernt fühlte, dass es fast wie eine fremde Sprache klang.

Die Nacht schritt voran, und Nia versuchte, sich auf die Geräusche um sie herum zu konzentrieren – das Rascheln der Blätter im Wind, das entfernte Hupen eines Autos, das leise Knarzen der Bank, wenn sie sich bewegte. Doch immer wieder kehrten die Bilder zurück, ungebeten und unerbittlich. Sie war nicht sicher, ob sie wachte oder träumte, als sie erneut die Stimmen hörte:

„Protokoll abgeschlossen. Speicher synchronisiert."
Die Worte hallten in ihrem Kopf wider, und sie spürte, wie ihr Atem schneller ging. Ihre Finger krallten sich in die raue Decke, während sie versuchte, das Flackern vor ihren Augen zu vertreiben.

Die Sterne verblassten am Himmel, als die Nacht langsam dem Morgen wich. Nia blieb auf der Bank sitzen, eingehüllt in die Decke und ihre eigenen Gedanken. Der Kontakt mit dem Passanten war bereits ein ferner Schatten, doch seine Geste hallte nach. Es erinnerte sie daran, dass sie nicht vollständig allein war – selbst, wenn sie sich so fühlte.

Sie stand langsam auf und setzte ihren Weg fort, die Bank hinter sich lassend. Ziellos ließ sie ihre Füße entscheiden, wohin sie ging. Ein kleiner, verlassener Spielplatz erschien vor ihr, und sie hielt inne. Das leise Knarren einer Schaukel im Wind wirkte wie ein Flüstern der Geister, die sie in ihrem Kopf verfolgten. Sie ließ sich auf den Rand einer Sandkiste sinken und legte den Kopf in ihre Hände.

Die Nacht fühlte sich endlos an, doch irgendwo tief in ihrem Inneren wusste sie, dass sie nicht ewig fliehen konnte. Die Wahrheit – was auch immer sie war – würde sie finden. Und sie wusste nicht, ob sie bereit war, ihr zu begegnen.

Der Morgen war grau, als Nia sich schließlich von der Parkbank erhob. Die Luft war feucht und kalt, durchzogen von einem leichten Nieselregen, der die Straßen glänzen ließ. Ihre Glieder fühlten sich schwer an, und jeder Schritt in Richtung ihrer Wohnung war wie ein Kampf gegen die Schwerkraft. Der Gedanke, Lilly gegenüberzutreten, ließ ihren Magen sich zusammenziehen.

Die vertrauten Straßen wirkten anders, beinahe fremd. Das sanfte Licht der Morgenstunden fiel durch die Fenster der Cafés und spiegelte sich auf den nassen Gehwegen wider. Menschen gingen geschäftig vorbei, in Eile, um ihrem Tag zu begegnen, doch für Nia schien die Welt stillzustehen. Ihre Gedanken waren ein wirres Knäuel aus Ängsten, Zweifeln und dem Echo der Konfrontation mit Lilly.

Als sie ihre Wohnungstür erreichte, zögerte sie. Der Schlüssel fühlte sich kalt und schwer in ihrer Hand an, als sie ihn ins Schloss steckte. Sie atmete tief ein, drückte die Tür auf und trat ein.

Die Wohnung empfing sie mit einer beklemmenden Stille. Die Luft war kühl, und alles war genauso, wie sie es verlassen hatte – und doch schien etwas anders.

Ihr Blick fiel auf den kleinen Küchentisch, wo ein Stück Papier lag. Es war ordentlich gefaltet und hatte ihre Aufmerksamkeit sofort gefangen. Mit zittrigen Fingern hob sie es auf und entfaltete es vorsichtig. Lillys Handschrift war sauber und präzise, aber die Worte verrieten eine tiefe Emotion:

„Nia,
ich wollte dir nur sagen, dass ich da bin, wenn du mich brauchst. Du musst mir nichts erklären, wenn du nicht willst, aber ich möchte, dass du weißt, dass ich dich nicht allein lassen werde. Du bedeutest mir viel. Ruf mich an, wenn du bereit bist. – Lilly"

Nia hielt das Papier in ihren Händen, ihre Augen blieben an den letzten Worten hängen. **„Du bedeutest mir viel."** Der Satz fühlte sich an wie ein warmes Licht, das durch die Risse in ihrer Fassade drang. Sie ließ sich langsam auf den Stuhl sinken, das Papier immer noch in den Händen. Die Wohnung fühlte sich plötzlich weniger leer an, als ob Lillys Worte den Raum mit etwas erfüllt hätten, das sie nicht greifen konnte.

Ein Teil von ihr wollte sofort zum Telefon greifen, wollte Lilly anrufen und die Stille zwischen ihnen brechen. Doch ein anderer, stärkerer Teil hielt sie zurück. Die Angst, die Wahrheit auszusprechen, war überwältigend. Sie wusste, dass Lilly nur helfen wollte, aber wie konnte sie jemandem erklären, was sie selbst nicht verstand?

Nia faltete die Notiz sorgfältig zusammen und legte sie zurück auf den Tisch. Ihre Finger glitten über die raue Oberfläche des Holzes, während sie tief durchatmete. Sie war erschöpft, sowohl körperlich als auch geistig, und das Gewicht der letzten Tage lastete schwer auf ihr. Dennoch spürte sie einen kleinen Funken Hoffnung, einen Hauch von Wärme, der von Lillys Geste ausging.

Mit langsamen Bewegungen zog sie sich ihre Jacke aus und setzte sich auf das Sofa. Die Wohnung war still, doch die Worte auf der Notiz hallten in ihrem Kopf wider. **„Du bedeutest mir viel."** Vielleicht, dachte sie, war das der Anker, den sie brauchte, um nicht vollständig in ihren Ängsten zu versinken. Doch für den Moment ließ sie sich von der Stille umhüllen, unsicher, was der nächste Schritt sein sollte, aber dankbar, dass sie ihn nicht allein machen musste.

Die Wohnung lag still, als Nia ihre Schritte zögerlich in Richtung des Badezimmers lenkte. Die Tür stand einen Spalt offen, und ein schwaches Licht, das von der Straßenlaterne draußen hereinfiel, ließ die Kacheln blass glänzen. Sie schloss die Tür hinter sich, fast so, als wolle sie sich von der Welt abschotten, und blickte auf den Spiegel über dem Waschbecken.

Ihr eigenes Gesicht starrte ihr entgegen. Ihre Augen schienen müde und schwer, als hätten sie die Last der letzten Tage in sich aufgenommen. Sie lehnte sich mit beiden Händen gegen das Waschbecken und ließ ihren Blick über ihre Züge wandern – ihre Haut, makellos, fast zu perfekt, ihre Augen, die wie ein Spiegel schimmerten, aber keine Antworten boten.

„Wer bist du wirklich?" flüsterte sie, die Worte beinahe unhörbar in der kalten Stille des Raumes. Ihr Atem beschlug den Spiegel für einen Moment, und sie wischte ihn mit zitternden Fingern frei, als ob sie etwas unter der Oberfläche ihres Spiegelbildes suchen würde.

Mit einem fast verzweifelten Ausdruck begann sie, ihre Arme und Hände zu untersuchen. Sie suchte nach Narben, nach Imperfektionen, nach etwas, das beweisen konnte, dass sie „echt" war. Doch ihre Haut fühlte sich glatt an, fast wie Porzellan. Ihre Finger fuhren über die Konturen ihres Gesichts, ihre Wangen, ihre Stirn, als ob sie erwartete, etwas Verstecktes zu finden, eine Antwort, die ihr den Frieden bringen würde.

Ihre Gedanken waren ein Sturm. Erinnerungen, die keine waren, flackerten in ihrem Kopf auf: ein Lachen, das sich anfühlte wie das eines Fremden; eine Kindheitserinnerung, die plötzlich von sterilen Räumen und hellen Lichtern überdeckt wurde. Sie schlug ihre Hände vor ihr Gesicht und spürte, wie sich Tränen in ihren Augen sammelten.

„Warum fühle ich mich so… falsch?" dachte sie, während eine einzelne Träne über ihre Wange lief. Ihre Knie gaben nach, und sie ließ sich auf den kalten Fliesenboden sinken. Der Raum schien sich um sie herum zu drehen, während ihr Herz hämmerte, als wolle es aus ihrer Brust brechen.

Sie starrte nach oben, auf das Spiegelbild, das sie von ihrer Position aus gerade noch sehen konnte. Das Gesicht, das sie ansah, schien ihr fremd, obwohl sie es kannte. Die Augen, die sie anblickten, hatten etwas Beunruhigendes, etwas, das sie nicht benennen konnte. Es war, als würde der Spiegel ihr nicht nur sie selbst zeigen, sondern auch die Abgründe, die in ihr lauerten.

Ein Schluchzen entkam ihr, leise und erstickt, gefolgt von einem zweiten, lauter, roher. Sie krümmte sich zusammen, legte ihre Arme um sich selbst, als ob sie sich vor der Kälte schützen wollte, die nicht nur durch den Raum zog, sondern tief in ihr lebte.

„Bin ich überhaupt echt?" flüsterte sie schließlich, die Worte zitternd, fast wie ein Gebet an niemanden. Die Stille, die folgte, war ohrenbetäubend. Sie schloss ihre Augen, ließ die Tränen fließen und erlaubte sich, für einen Moment vollständig in der Verzweiflung zu versinken.

Als sie die Augen wieder öffnete, hatte sich nichts verändert. Die Fragen blieben unbeantwortet, der Schmerz blieb unverändert. Doch in dieser Dunkelheit keimte ein winziger Funken. Es war keine Hoffnung – noch nicht. Es war die Erkenntnis, dass sie sich diesen Antworten stellen musste, dass sie diesen Schmerz durchleben musste, um zu verstehen, wer sie war.

Sie zog sich langsam hoch, ihre Beine schwach unter ihr, und starrte noch einmal in den Spiegel. Dieses Mal hielt sie dem Blick stand, auch wenn es wehtat. Der Moment war nicht triumphal, er war nicht befreiend. Aber er war echt. Und das war ein Anfang.

Nia saß auf dem Boden ihrer kleinen Wohnung, die Beine dicht an ihren Körper gezogen, während der Raum um sie herum in eine tiefe, drückende Stille getaucht war. Ihre Augen wanderten über den schmalen Schreibtisch, auf dem ihre Journale aufgestapelt lagen. Die Ecken einiger Seiten waren abgenutzt, als ob sie die Worte unzählige Male gelesen hatte, doch in diesem Moment schienen sie wie ein Labyrinth, das sie erneut durchqueren musste.

Ihre Finger zitterten leicht, als sie eines der Journale aufschlug. Die Seiten waren mit einer kleinen, ordentlichen Handschrift gefüllt – Reflexionen, Gedanken, Fragen, die sie niemals laut auszusprechen gewagt hatte. Ihre Augen huschten über die Worte, aber die Bedeutung schien ihr zu entgleiten. Es war, als ob sie versuchte, einen Teil von sich selbst zu greifen, der immer außerhalb ihrer Reichweite blieb.

Ein Satz fiel ihr ins Auge: **„Was ist, wenn ich nicht bin, wer ich denke, dass ich bin?"** Die Worte schienen auf der Seite zu glühen, als ob sie auf diesen Moment gewartet hatten, um sich ihr in voller Wucht zu offenbaren. Ihre Brust zog sich zusammen, und sie spürte, wie eine Träne über ihre Wange lief. Es war keine einfache Frage, die sie gestellt hatte, sondern eine, die alles in Frage stellte, was sie zu wissen glaubte.

Neben dem Journal lag die Notiz von Lilly, das Papier leicht zerknittert, als ob sie es zuvor fest in ihrer Hand gehalten hatte. Sie griff danach, ihre Finger strichen über die Worte, die Lilly in ihrer vertrauten, schwungvollen Schrift hinterlassen hatte: **„Ich bin hier, wenn du mich brauchst."**

Die Einfachheit dieser Worte traf Nia tief. Es war kein Druck darin, keine Forderung – nur ein Angebot. Ein Anker in einem Meer von Unsicherheiten. Sie hielt die Notiz fest und schloss die Augen, ließ die Stille des Raumes auf sich wirken. Lillys Gesicht erschien vor ihrem inneren Auge, wie sie sie ansah, mit dieser Mischung aus Neugier und Zuneigung, die Nia niemals ganz verstanden hatte, die ihr aber jetzt, wie ein Licht in der Dunkelheit erschien.

Mit zitternder Hand griff sie nach einem Stift und begann zu schreiben. Die Spitze kratzte über das Papier, während sie ihre Gedanken in Worte verwandelte. Sie schrieb von ihrer Angst, von ihrer Verwirrung und von der wachsenden Erkenntnis, dass sie ihre Wahrheit nicht länger ignorieren konnte. „**Ich muss die Wahrheit herausfinden,**" schrieb sie, die Worte fett und entschlossen auf der Seite, als ob sie sie festnageln wollte, um sie nicht wieder zu verlieren.

Die Tränen kamen plötzlich und unaufhaltsam, als sie ihre Gedanken freiließ. Sie weinte leise, während der Stift in ihrer Hand stillstand, ihre Tränen die Tinte auf der Seite leicht verwischten. Aber es war ein anderes Weinen als zuvor – weniger ein Ausdruck von Verzweiflung, mehr ein Moment der Befreiung. Es war, als ob sie mit jedem Tropfen, der über ihre Wangen lief, ein kleines Stück der Dunkelheit in ihr herausließ.

Sie legte den Stift beiseite und atmete tief ein, ihre Brust hob und senkte sich schwer. Ihre Hand umklammerte die Notiz von Lilly, die sie sich vorsichtig auf ihre Brust legte, als ob sie die Worte näher bei sich halten wollte.

Als sie schließlich aufblickte, war die Nacht um sie herum dunkler geworden, doch der Raum fühlte sich ein wenig heller an. Es war keine klare Antwort, keine vollkommene Lösung, aber es war ein Anfang. Und in diesem Moment wusste Nia, dass sie diesen Anfang Lilly zu verdanken hatte – und ihrer eigenen Entschlossenheit, die Wahrheit zu suchen, egal wie schmerzhaft sie sein könnte.

Mit einer neuen Ruhe, die in ihr wuchs, stand sie auf, strich die Seiten ihres Journals glatt und stellte es vorsichtig zurück auf den Stapel. Ihr Blick wanderte zum Fenster, wo die ersten Anzeichen eines neuen Tages am Horizont zu sehen waren. „Ich muss die Wahrheit herausfinden," murmelte sie leise, die Worte mehr an sich selbst gerichtet als an irgendjemanden sonst. Und dieses Mal klangen sie nicht wie ein Zweifel, sondern wie ein Versprechen.

KAPITEL 17

Die Luft war kühl im Flur. Wie angewurzelt stand Lilly dort seit Minuten und starrte Nias Tür an. Sie war sich so unsicher, ob Sie klopfen sollte oder nicht. In der einen Hand hielt sie eine heiße Tasse Tee, Nias, Lieblingstee und hatte sich noch eine Zeichnung unter den Arm geklemmt. So stand sie dort in dem kühlen Flur, bis sie schließlich allen Mut zusammennahm und leise klopfte. Ihr Herz pochte schneller, je länger Sie auf Antwort warten musste. Die letzten Tage ohne ein Lebenszeichen von Nia hatten sich wie eine Ewigkeit angefühlt. Was, wenn Nia sie nicht sehen wollte? Was, wenn sie zu weit gegangen war? Doch dann schüttelte sie diese Gedanken ab. Sie war hier, weil sie glaubte, dass Nia jemanden brauchte. Jemanden, der nicht wegging. Jemanden, der blieb.

Mit einer Mischung aus Entschlossenheit und Zärtlichkeit klopfte sie nochmals an die Tür. Das Geräusch hallte dumpf durch den Flur, und sie wartete, das Herz in der Kehle. Minuten vergingen, oder zumindest fühlte es sich so an. Schließlich hörte sie Schritte, vorsichtig und zögernd. Die Tür öffnete sich einen Spalt, und Nias Gesicht erschien im Rahmen. Nia sah anders aus. Ihre Augen wirkten müde, die Ränder leicht gerötet, und ihre Schultern waren eingefallen, als ob sie die Last der Welt auf ihnen trug. Doch selbst in diesem Zustand hatte sie eine zerbrechliche Schönheit an sich, die Lillys Herz zusammenzuziehen ließ.

„Ich habe Tee mitgebracht", begann Lilly leise und hob die Tasse als Beweis an. „Und… etwas für dich gezeichnet." Ihre Stimme war ruhig, fast vorsichtig, wie ein sanfter Wind, der versucht, eine zerbrochene Scheibe nicht weiter zu beschädigen.

Nia blickte auf die Tasse, dann auf Lilly. Einen Moment lang sagte sie nichts, doch dann öffnete sie die Tür ein wenig weiter. „Komm rein", flüsterte sie, ihre Stimme kaum hörbar, und trat zur Seite.

Lilly trat ein, ihre Augen suchten sofort den Raum ab. Es war still, fast zu still. Die Journale auf dem Schreibtisch lagen unordentlich verteilt, und ein halbvolles Glas Wasser stand daneben. Der Raum wirkte wie ein Spiegelbild von Nias Zustand – erschöpft und verwirrt.

„Ich dachte, du könntest einen kleinen Aufmunterer gebrauchen", sagte Lilly, während sie die Tasse aus der Tüte holte und sie auf den Tisch stellte. Sie rollte die Zeichnung aus und legte sie daneben. Nia griff nach der Zeichnung, doch Lilly hielt sie zurück „Erst der Tee meine liebe, dann die Aufmunterung." Nia lächelte scheu und nickte „Na klar, erst der Tee dann die Aufmunterung" Für einen kurzen Augenblick trafen ich die Blicke der beiden Frauen und Nias Augen füllten sich sofort mit Tränen „Warum tust du das alles für mich, Lilly?"

Die Frage hing in der Luft, und Lilly setzte sich auf die Couch, ohne den Blick von Nia abzuwenden. „Weil du es wert bist", sagte sie schlicht. „Ich weiß, dass du gerade eine schwere Zeit durchmachst, aber ich will, dass du weißt, dass ich für dich da bin. Egal, was ist." Nia blieb stehen, ihre Augen ruhten auf Lilly. „Ich weiß nicht, wie ich dir das Erklären soll... was mit mir los ist", sagte sie schließlich. Ihre Stimme war brüchig, voller Unsicherheit.

„Das musst du auch nicht jetzt", antwortete Lilly sanft. „Aber ich möchte, dass du weißt, dass ich hier bin, wenn du bereit bist. Und bis dahin... lass mich einfach ein wenig bei dir sein."

Ein kleines Lächeln, kaum mehr als ein Zucken ihrer Lippen, erschien auf Nias Gesicht. Sie nickte, ihre Augen glitzerten vor Emotionen, die sie nicht ganz in Worte fassen konnte. Lilly spürte, dass dies ein erster Schritt war – ein kleiner, aber bedeutender Schritt in die Richtung, Nia zu helfen, ihre Mauern abzubauen.

Sie saßen nebeneinander auf der Couch, die Tasse Tee dampfte leise zwischen ihnen. Die Stille war nicht unangenehm, sondern getragen von einem leisen Einvernehmen, einer Verbindung, die ohne Worte spürbar war. Als Nia sich schließlich ein wenig zur Seite lehnte und ihren Kopf auf Lillys Schulter ruhen ließ, wagte Lilly es nicht, sich zu bewegen.

Es war ein fragiler Moment, zart und unendlich bedeutsam. Und in diesem Moment wusste Lilly, dass sie genau da war, wo sie sein sollte.

Die Wohnung war still, nur das leise Ticken einer alten Wanduhr durchbrach die Stille, als Lilly und Nia sich auf die Couch setzten. Lilly hielt ihre Hände locker ineinander verschränkt, während Nia mit angespannten Schultern dasaß, ihre Augen auf den Boden gerichtet.

„Du musst nicht reden, wenn du nicht willst", begann Lilly leise. Ihre Stimme war warm und sanft, wie ein Schutzmantel, den sie um Nia legen wollte. „Aber ich bin hier. Egal, was du mir sagen möchtest – oder nicht."

Nia hob ihren Kopf ein wenig, ihre Augen suchten Lillys, doch ihre Worte blieben stecken. Ein Kloß schien in ihrer Kehle zu sitzen, unfähig, loszulassen, was sich wie ein Sturm in ihrem Inneren anfühlte. Lillys sanfter Blick hielt sie jedoch fest, und nach einem Moment wagte Nia es, einen tiefen Atemzug zu nehmen.

„Ich weiß nicht, wo ich anfangen soll", flüsterte sie schließlich. Ihre Stimme war heiser, als hätte sie die Worte zu lange zurückgehalten. „Es fühlt sich an, als ob... als ob ich selbst ein Puzzle bin, das nicht zusammenpasst. Es gibt Teile von mir, die keinen Sinn ergeben, Erinnerungen, die wie Nebel sind – ich kann sie sehen, aber ich kann sie nicht greifen."

Lilly nickte leicht, ohne sie zu unterbrechen. Ihre Hände ruhten auf ihrem Schoß, bereit, Nia zu berühren, wenn der Moment es erforderte, doch sie hielt sich zurück. Sie wusste, dass Nia Raum brauchte, um ihre Gedanken zu ordnen.

„Ich weiß nicht, wer ich bin, Lilly." Nias Stimme brach, und ihre Hände begannen zu zittern. „Manchmal denke ich, dass ich... nicht echt bin. Dass ich einfach... ein Fehler bin. Ein Fehler, der nie hätte existieren sollen."

Lillys Herz zog sich zusammen. Sie griff nach Nias zitternder Hand und hielt sie sanft, doch fest genug, um Nia zu erden. „Du bist kein Fehler, Nia", sagte sie mit Nachdruck, ihre Stimme zitterte leicht vor Emotion. „Du bist hier. Du bist echt. Du fühlst, du denkst, du liebst. Und das ist alles, was zählt."

Nia schüttelte leicht den Kopf, Tränen liefen über ihre Wangen. „Aber was, wenn ich... was, wenn ich nur eine Lüge bin? Ein Trugbild, das nicht existieren sollte?"

Lilly rutschte näher, ließ Nias Hand nicht los. „Nia, hör mir zu." Ihre Stimme war eindringlich, aber sanft. „Es spielt keine Rolle, woher du kommst oder wie du hier bist. Du bist mehr als deine Vergangenheit. Du bist... du bist jemand, der mich inspiriert, der mich berührt hat, wie es niemand sonst getan hat. Du bist du. Und das ist genug."

Die Worte trafen Nia wie eine Welle, die sie umhüllte. Ein Schluchzen entrang sich ihrer Kehle, und sie ließ sich von Lilly umarmen. Ihre Hände klammerten sich an Lillys Rücken, als ob sie Angst hätte, sie könnte in der Dunkelheit verschwinden, wenn sie losließ.

„Ich habe solche Angst", flüsterte Nia gegen Lillys Schulter. „Ich weiß nicht, was mit mir passiert. Ich weiß nicht, wie ich das alleine schaffen soll."

„Du bist nicht allein", antwortete Lilly, ihre Stimme brach leicht, während sie Nia noch enger hielt. „Ich bin hier. Und ich lasse dich nicht allein damit. Egal, was passiert."

Die Minuten vergingen in Stille, die nur von Nias leisen Schluchzern unterbrochen wurde. Lillys Hände strichen beruhigend über ihren Rücken, während sie spürte, wie Nia sich langsam entspannte. Schließlich zog Nia sich ein wenig zurück, ihre Augen rot und geschwollen, doch in ihrem Blick lag ein Funken, ein zartes Licht, das vorher nicht da gewesen war.

„Danke", flüsterte Nia. Es war ein einfaches Wort, doch die Bedeutung dahinter war so tief, dass Lilly es in ihrem ganzen Körper spürte.

Lilly lächelte und legte eine Hand an Nias Wange. „Du bist nicht allein, Nia. Nie wieder."

In diesem Moment schien die Welt stillzustehen. Es war ein Moment, der voller roher, echter Emotion war, ein Moment, in dem Nia einen Schritt näher daran kam, sich selbst zu akzeptieren – und Lilly zeigte, dass ihre Liebe keine Grenzen kannte.

Die Sonne war fast vollständig untergegangen, und die weichen, goldenen Schatten des Abends tauchten Nias Wohnung in ein warmes, beruhigendes Licht. Lilly saß auf der Couch, eine Rolle Papier in ihren Händen, die sie nervös hin und her drehte. Nia beobachtete sie aus der Nähe, ihre Neugier geweckt, aber immer noch unsicher, was sie erwartete.

„Das Geschenk hätten wir fast vergessen," begann Lilly leise, ihre Stimme vorsichtig und behutsam. Sie entrollte das Papier und hielt es Nia entgegen.

Es war eine Zeichnung – eine beeindruckend detaillierte Skizze von Nia, eingefangen in einem Moment der Ruhe. Ihr Gesicht war leicht geneigt, die Augen wirkten nachdenklich, fast melancholisch, und doch strahlte das Bild eine Stärke aus, die Nia selbst nie in sich erkannt hatte. Jedes Detail war liebevoll ausgearbeitet, von den weichen Linien ihres Kinns bis zu den sanften Schatten, die ihr Haar umrahmten.

Nia starrte auf das Bild, unfähig, Worte zu finden. Ihr Atem stockte, und ihre Hände zitterten leicht, als sie das Papier entgegennahm. „Das... bin ich?" Ihre Stimme war kaum mehr als ein Flüstern.

Lilly nickte, ihre Augen suchten Nias, während sie sprach. „Ich wollte dich so festhalten, wie ich dich sehe, Nia. Stark, einzigartig, schön." Sie hielt inne, als ob sie die Worte sorgfältig wählte. „Ich wollte dir zeigen, was ich sehe, wenn ich dich anschaue."

Nia senkte ihren Blick wieder auf die Zeichnung. Die Linien und Schatten schienen sich zu bewegen, zu atmen, und doch schien sie in diesem Porträt jemand anderes zu sehen – jemand, den sie nicht kannte. „Das ist nicht..." Sie hielt inne, ihre Gedanken wirbelten. „So sehe ich mich nicht. Das kann ich nicht sein."

„Doch, das bist du," sagte Lilly mit einer sanften Bestimmtheit. Sie rückte näher zu Nia, ihre Knie berührten fast. „Ich weiß, dass es schwer ist, sich selbst auf diese Weise zu sehen. Aber ich sehe dich, Nia. Und ich möchte, dass du dich auch siehst."

Die Worte trafen Nia wie eine Welle, und sie fühlte, wie ihre Augen sich mit Tränen füllten. Es war, als ob Lilly etwas in ihr berührt hatte, etwas, das tief vergraben war und von dem sie nicht wusste, dass es existierte. „Ich weiß nicht, ob ich das kann," flüsterte sie schließlich.

Lilly legte ihre Hand sanft auf Nias. „Vielleicht musst du es nicht sofort. Aber lass es uns gemeinsam versuchen." Sie lächelte ein wenig unsicher. „Ich würde gerne ein größeres Porträt von dir malen. Nicht nur eine Skizze – etwas, das dich wirklich zeigt."

Nia starrte Lilly an, ihre Gedanken kämpften miteinander. Ein Teil von ihr wollte weglaufen, wollte sich vor dieser intensiven Aufmerksamkeit verstecken. Doch ein anderer Teil – ein neuer, zarter Teil – wollte bleiben, wollte sich dieser Wahrheit stellen, wie beängstigend sie auch sein mochte.

Schließlich nickte sie, ein kleines, fast schüchternes Lächeln auf ihren Lippen. „Okay," sagte sie leise. „Ich denke... ich denke, ich möchte das versuchen."

Lillys Gesicht leuchtete auf, und sie drückte Nias Hand leicht. „Du wirst es nicht bereuen. Ich verspreche es."

In diesem Moment fühlte sich Nia zum ersten Mal seit Langem nicht mehr verloren. Der Gedanke, sich selbst durch Lillys Augen zu sehen, schien ihr eine Möglichkeit zu bieten, Antworten zu finden – oder zumindest eine Richtung. Es war ein kleiner Schritt, aber ein bedeutender, ein Moment, der sie auf einen neuen Weg führte.

Die Zeichnung lag immer noch auf ihrem Schoß, und Nia betrachtete sie erneut, diesmal mit anderen Augen. Vielleicht, dachte sie, war es möglich, dass sie mehr war, als sie selbst sehen konnte. Vielleicht war sie, wie Lilly sagte, stark, einzigartig, schön. Vielleicht.

Die Nacht senkte sich sanft über die Stadt, und durch die hohen Fenster von Lillys Atelier drang das warme, goldene Licht der Straßenlaternen. Es mischte sich mit dem sanften Glühen der Stehlampe in der Ecke des Raums, die eine behagliche Atmosphäre schuf. Der Raum war erfüllt von einem leisen Summen, das von einer Playlist aus entspannter Jazzmusik kam. Nia saß auf dem weichen Teppich, die Beine unter sich geschlagen, während Lilly sich auf einem Kissen neben ihr niederließ.

Auf dem niedrigen Tisch vor ihnen standen zwei Gläser Rotwein, von denen eines halb geleert war. Eine kleine Schale mit Oliven und

Käsewürfeln war beinahe unberührt. Nia wirkte gelöster als noch vor wenigen Stunden, ein schwaches Lächeln spielte auf ihren Lippen, während sie Lillys Gesicht betrachtete.

„Weißt du," begann Lilly und drehte ihr Glas langsam in der Hand, „ich hätte nie gedacht, dass ich jemanden wie dich treffe. Jemanden, der mich inspiriert, ohne es zu versuchen."

Nia errötete leicht und wandte ihren Blick ab, doch ihre Mundwinkel hoben sich weiter. „Ich bin mir nicht sicher, ob das etwas Gutes ist," sagte sie leise, ihre Stimme klang unsicher.

„Natürlich ist es das," entgegnete Lilly mit Nachdruck. „Du hast etwas in dir, Nia. Etwas Echtes, das ich nicht oft sehe. Es ist schwer zu beschreiben, aber ich weiß, dass es da ist."

Nia fühlte, wie sich ihr Herzschlag beschleunigte. Sie hatte schon viele Worte gehört, aber diese klangen anders. Sie fühlten sich an, als wären sie nur für sie gemacht.

„Es tut gut, das zu hören," murmelte sie und hob ihren Blick, um Lillys warme Augen zu treffen. „Manchmal fühle ich mich so... verloren. Als ob ich nicht ganz hier bin."

Lilly nickte langsam, legte ihr Glas zur Seite und lehnte sich leicht vor. „Vielleicht ist das etwas, was wir alle fühlen. Aber du bist hier. Du bist echt. Und das zählt."

Die Worte drangen tief in Nias Gedanken ein. Sie spürte einen Hauch von Erleichterung, eine kleine Flamme, die in ihrer Brust aufflackerte. „Danke," sagte sie schließlich. „Für alles."

Lilly lächelte und griff nach Nias Hand. Ihre Finger berührten sich leicht, bevor Lilly ihre Hand vollständig nahm. Es war eine einfache Geste, aber die Wärme und die Zartheit darin schienen Nia mehr zu sagen, als Worte je könnten.

„Lass uns nicht über die schweren Dinge sprechen," sagte Lilly nach einer Weile. „Erzähl mir etwas über dich. Etwas Schönes. Eine Erinnerung, die dir wichtig ist."

Nia zögerte, ihre Gedanken rasten. Sie wollte ehrlich sein, aber viele ihrer Erinnerungen fühlten sich seltsam unvollständig oder weit entfernt an. Schließlich sprach sie leise: „Ich erinnere mich an einen Baum. Es war Sommer, und ich saß unter ihm, habe gelesen und die Sonne auf meiner Haut gespürt. Es war... friedlich."

Lilly lächelte sanft. „Das klingt wundervoll. Hast du oft gelesen?"

Nia nickte, dankbar für die Leichtigkeit in Lillys Stimme. „Ja, Bücher waren immer ein Zufluchtsort für mich. Es war, als ob ich durch sie in andere Welten reisen könnte."

„Vielleicht sollten wir zusammen lesen," schlug Lilly vor. „Ich habe ein ganzes Regal voller Bücher, die ich immer wieder anfangen will."

Nia lachte leise, ein echtes Lachen, das ihre Augen erreichte. „Das würde ich gern."

Die Stunden vergingen, während die beiden sich weiter unterhielten. Lilly erzählte Geschichten aus ihrer Kindheit – von ihrem ersten misslungenen Gemälde, einem Chaos aus Farben, das ihre Mutter immer noch in der Küche aufbewahrte, bis hin zu ihrer ersten Ausstellung, die fast niemand besucht hatte. Nia hörte aufmerksam zu, lachte mit und fühlte, wie die Schwere in ihrer Brust sich allmählich hob.

Irgendwann lehnte sich Lilly zurück, ihr Blick wanderte zu Nia. „Du weißt, dass du nicht allein bist, oder?" Ihre Stimme war weich, fast ein Flüstern.

Nia nickte langsam, ihre Augen glitzerten vor Dankbarkeit. „Ich weiß. Und das bedeutet mir mehr, als ich sagen kann."

Lilly legte eine Decke um ihre Schultern und lehnte ihren Kopf leicht an Nias Schulter. „Wir schaffen das," sagte sie leise, ihre Worte waren ein Versprechen, eine Versicherung.

Die Nacht verging in Ruhe und Wärme. Es gab keine schweren Fragen, keine überwältigenden Gedanken, nur das Gefühl, gesehen und verstanden zu werden. Und als Nia schließlich ihre Augen schloss, fühlte sie, dass vielleicht, nur vielleicht, Heilung wirklich möglich war.

KAPITEL 18

Das fahle Licht des frühen Morgens kroch durch die Vorhänge von Lillys Schlafzimmer. Nia erwachte mit einem jäh aufkommenden Unbehagen, das sie nicht einordnen konnte. Es war ein Gefühl, als würde jemand sie beobachten, auch wenn sie allein mit Lilly war. Neben ihr schlief Lilly noch, ihre Atemzüge waren gleichmäßig, und ihre Gesichtszüge zeigten eine seltene Ruhe. Doch Nia konnte nicht mehr liegen bleiben. Sie setzte sich vorsichtig auf und lauschte in die Stille.

Langsam stand sie auf und ging zum Fenster. Sie zog die Vorhänge nur so weit zurück, dass sie hinausblicken konnte, ohne selbst zu sehr gesehen zu werden. Auf der Straße schien alles ruhig – bis sie ihn entdeckte. Ein Mann, gekleidet in dunkler Jacke und Baseballkappe, stand vor dem Gebäude und sprach leise in ein Headset. Seine Augen wanderten die Fenster entlang, suchend, und in seiner Hand hielt er ein kleines Notizbuch.

Nias Atem stockte. Es war, als hätte sich die Welt um sie herum zusammengezogen. Sie wusste nicht, wer er war oder warum er hier war, aber jede Faser ihres Seins schrie ihr zu, dass er ihretwegen gekommen war.

„Lilly," flüsterte sie, während sie vom Fenster zurücktrat. „Lilly, wach auf."

Lilly öffnete die Augen und blinzelte verschlafen. „Was ist los?" Ihre Stimme war belegt, und sie richtete sich langsam auf.

„Wir müssen weg," sagte Nia mit Nachdruck. „Da ist ein Mann draußen. Ich weiß nicht warum, aber ich bin mir sicher, dass er nach mir sucht."

Lilly runzelte die Stirn und setzte sich auf. „Ein Mann? Wer? Was meinst du?"

„Ich kann es nicht erklären," sagte Nia, ihre Stimme bebte. „Bitte, wir müssen einfach weg."

Lilly sah die Panik in Nias Augen, zögerte einen Moment, dann nickte sie. „Okay," sagte sie entschlossen und schwang die Beine aus dem Bett. „Wir nehmen mein Auto. Es steht in der Tiefgarage."

Nia nickte, ihre Hände zitterten, während sie ihre Schuhe anzog. Die Minuten fühlten sich an wie Stunden, während sie sich still und hastig vorbereiteten. Lilly schnappte sich ihre Schlüssel, ihre Tasche und einen Mantel, während Nia in ihrer Anspannung die Umgebung immer wieder prüfte.

„Bleib nah bei mir," flüsterte Lilly, als sie die Wohnung verließen. Die Treppen hinunter war es still, aber jeder Schritt hallte in Nias Kopf wie ein drohender Gong. Sie spürte förmlich, wie der Mann draußen auf sie wartete.

In der Tiefgarage war die Luft kühl und stickig, der Geruch von Öl und Beton war überwältigend. Lillys Auto stand in einer Ecke, und sie drückte leise den Schlüssel, um es zu entriegeln.

„Du versteckst dich auf dem Rücksitz," flüsterte Lilly. „Ich werde fahren. Lass uns hoffen, dass er nichts bemerkt."

Nia nickte, ihr Herz pochte wild, während sie sich hinter den Beifahrersitz duckte und so tief wie möglich auf den Rücksitz legte. Sie zog eine Decke über sich. Lilly legte eine Jacke über sie, um sie zusätzlich zu verstecken.

Lilly stieg ein und startete den Motor. Das leise Summen schien in der Stille der Garage ohrenbetäubend laut. Sie atmete tief durch und fuhr langsam in Richtung Ausfahrt.

Nia hielt die Luft an, als das Auto die Rampe hinaufrollte. Als sie die Straße erreichten, sah sie durch die Scheiben ein Flackern von Bewegung – der Mann stand immer noch da, aber er schien sie nicht zu bemerken. Lilly bog ruhig in eine Seitenstraße ab, ihr Gesicht eine Maske der Konzentration.

Doch gerade, als sie glaubten, unentdeckt zu sein, bemerkte Nia einen Schatten im Seitenspiegel. Der Mann bewegte sich in ihre Richtung, sein Blick fixiert auf das Auto.

„Lilly, schneller," flüsterte Nia, ihre Stimme voller Dringlichkeit.

Lilly drückte aufs Gas, hielt jedoch den Anschein eines normalen Tempos aufrecht, um keinen Verdacht zu erregen. „Bleib ruhig," sagte sie, ihre Stimme war angespannt, aber kontrolliert. „Wir schaffen das."

Nia konnte spüren, wie ihre Hände zitterten, während sie sich fester in den Sitz presste. Die Straßen glitten an ihnen vorbei, und mit jeder Abbiegung schien die Gefahr weiter entfernt zu sein – doch die Angst blieb.

„Vielleicht sollten wir die Polizei einschalten," sagte Lilly plötzlich, ihre Stimme leise, aber mit einer Spur von Entschlossenheit. „Ich meine, wenn dieser Mann dich verfolgt, wäre es nicht sicherer, dass den Behörden zu überlassen?"

„Nein," sagte sie scharf, ihre Stimme zitterte vor Emotionen. „Das können wir nicht tun."

„Warum nicht?" fragte Lilly, während sie die Straße hinauffuhr, die Scheinwerfer tauchten die leeren Gebäude in flackerndes Licht. „Die Polizei könnte dir helfen, sie könnten ihn aufhalten—"

„Sie können nicht helfen," schnitt Nia ihr das Wort ab. Ihre Stimme war schneidend, aber dahinter lag eine fast greifbare Panik. „Ich weiß nicht... ich kann es dir nicht erklären. Aber wenn sie mich finden, Lilly, dann wird alles noch schlimmer."

Lilly warf ihr einen schnellen Blick über die Schulter zu, während sie an einer roten Ampel hielt. „Nia, was meinst du damit? Wer wird dich finden? Wer ist dieser Mann?"

„Ich weiß es nicht," murmelte Nia, ihre Stimme brach. Sie vergrub ihr Gesicht in den Händen, als wäre sie selbst von ihrer Antwort überwältigt. „Ich weiß nur, dass ich niemandem vertrauen kann. Nicht der Polizei. Niemandem."

Lilly atmete tief durch, ihre Finger trommelten nervös auf dem Lenkrad. „Okay," sagte sie schließlich, ihre Stimme war ruhig, aber in ihren Augen lag Sorge. „Aber wir können nicht einfach ziellos herumfahren. Wir brauchen einen Plan."

„Ein Motel," schlug Nia vor, fast automatisch. „Irgendwo anonym, wo uns niemand finden kann."

Lilly nickte langsam, ihre Augen waren auf die Straße gerichtet, aber ihr Kopf arbeitete auf Hochtouren. „Ich kenne eines am Stadtrand," sagte sie. „Es ist klein und... naja, nicht gerade luxuriös, aber es wird uns schützen."

„Das reicht," sagte Nia leise. „Wir brauchen nur einen Ort, um nachzudenken."

Die beiden fuhren eine Weile schweigend weiter, die Anspannung im Auto war fast greifbar. Schließlich räusperte sich Lilly. „Ich bin hier, weißt du," sagte sie, ihre Stimme war warm, aber fest. „Egal, was passiert, ich lasse dich nicht allein."

Nia drehte ihren Kopf unter der Decke und blickte in Lillys Richtung, auch wenn sie ihr Gesicht nicht sehen konnte. „Danke," flüsterte sie, ihre Stimme war kaum mehr als ein Hauch. „Das bedeutet mir mehr, als ich sagen kann."

Lillys Augen füllten sich mit Tränen, aber sie blieb konzentriert. „Wir schaffen das," sagte sie, mehr zu sich selbst als zu Nia, während sie in Richtung des Motels weiterfuhr. „Wir finden einen Weg."

Die grellen Neonlichter des abgelegenen Motels flackerten unruhig in der Dunkelheit, als Lilly den Wagen auf den holprigen Parkplatz steuerte. Die Luft war kühl und still, doch für Nia fühlte es sich an, als würde die gesamte Welt sie beobachten. Sie blieb auf dem Rücksitz verborgen, während Lilly den Motor ausstellte.

„Bleib hier," sagte Lilly leise, drehte sich um und warf Nia einen beruhigenden Blick zu. „Ich erledige das."

Nia nickte kaum merklich und zog die Decke enger um sich, während Lilly ausstieg und zur Rezeption ging. Das Glöckchen über der Tür erklang schrill, und Nia spannte sich an. Sie schloss die Augen, versuchte, sich zu beruhigen, doch ihre Gedanken rasten. Jeder Schatten schien sich zu bewegen, jede Stille war zu laut.

Wenige Minuten später kam Lilly zurück, ein Schlüssel in der Hand. Sie öffnete die hintere Tür, und Nia schlüpfte schnell heraus, die Decke um sich geschlungen. Gemeinsam eilten sie zu ihrem Zimmer, ihre Schritte auf dem Kies knirschten, die einzigen Geräusche in der kühlen Nacht.

Das Zimmer war schlicht und anonym. Die Wände waren blassgelb gestrichen, der Teppich alt und abgenutzt. Ein einzelnes Bett, ein wackeliger Stuhl und eine Kommode mit einem winzigen Fernseher bildeten die gesamte Einrichtung. Lilly verschloss die Tür hinter sich, drehte den Schlüssel zweimal im Schloss und überprüfte die Fenster, bevor sie sich umdrehte.

Nia stand mitten im Raum, die Decke noch immer um sich geschlungen. Ihr Blick war leer, ihre Schultern hingen schlaff herab. „Es tut mir leid," flüsterte sie plötzlich, ihre Stimme brüchig. „Ich hätte dich da nicht mit hineinziehen dürfen."

„Nia," sagte Lilly sanft und trat näher. „Du hast nichts falsch gemacht. Wir sind hier, wir sind sicher, das ist alles, was zählt."

Doch Nia schüttelte den Kopf, Tränen glitzerten in ihren Augen. „Nein, du verstehst nicht," sagte sie mit einer Dringlichkeit, die Lillys Herz schmerzte. „Ich weiß nicht, wer ich bin. Ich weiß nicht, was ich bin. Aber ich weiß, dass ich dich nicht in Gefahr bringen wollte."

Lilly trat noch näher und legte vorsichtig eine Hand auf Nias Arm. „Hey," flüsterte sie. „Ich bin hier. Du bist nicht allein."

Das war der Moment, in dem Nia zusammenbrach. Die Decke rutschte von ihren Schultern, und sie fiel auf die Knie. Die Tränen kamen plötzlich, unerbittlich, als ob sie jahrelang zurückgehalten worden wären. Lilly kniete sich neben sie, zog sie in eine sanfte Umarmung und hielt sie fest.

„Du musst mir nichts erklären, Nia," sagte Lilly ruhig, während sie sanft Nias Rücken streichelte. „Nicht jetzt. Nicht, bevor du bereit bist. Aber ich verspreche dir, dass wir das gemeinsam durchstehen."

Nia lehnte ihren Kopf gegen Lillys Schulter, ihre Tränen tränkten den Stoff von Lillys Hemd. „Ich habe solche Angst," flüsterte sie. „Es fühlt sich an, als würde alles auseinanderfallen."

„Ich weiß," sagte Lilly. Ihre Stimme war sanft, aber fest. „Aber du bist nicht allein. Wir finden einen Weg."

Die beiden saßen noch lange zusammen, ihre Nähe schien die Dunkelheit des Zimmers zu füllen. Schließlich half Lilly Nia auf das Bett. Sie legte die Decke über sie, doch Nia hielt Lillys Hand fest.

„Bleib bei mir," bat Nia mit einem flüsternden Zittern in ihrer Stimme.

Lilly nickte. Ohne zu zögern, zog sie ihre Schuhe aus und setzte sich neben Nia auf das Bett. Sie beobachtete Nia, die sie mit einem verletzlichen, fast scheuen Blick ansah. Lillys Hand strich zart über Nias Wange, eine Berührung voller Wärme und Nähe.

„Du bist wunderschön," sagte Lilly, ihre Stimme ein leises Echo im Raum.

Nia hob ihre Hand, zögernd, doch dann legte sie sie sanft auf Lillys. Ihr Blick glitt zu Lillys Lippen, und sie spürte eine Welle von Gefühlen, die sie nicht zuordnen konnte. Zärtlich näherte sich Lilly, und ihre Lippen trafen sich in einem sanften Kuss. Es war keine Flucht und keine Unsicherheit, sondern ein Versprechen – still, aber bedeutungsvoll.

Die Intensität des Moments nahm zu, als ihre Küsse tiefer wurden. Lillys Hände glitten sanft über Nias Schultern und den Stoff ihres Pullovers, während Nia sich ihr öffnete, vorsichtig, aber voller Vertrauen. Sie bewegten sich synchron, ein stilles Einverständnis, das keine Worte benötigte.

In dieser Nacht fanden sie Trost ineinander. Es war kein Akt der Leidenschaft, sondern eine intime Vereinigung zweier Seelen, die beide Schutz und Geborgenheit suchten. Lillys Hände führten Nia mit unendlicher Geduld, und Nia ließ sich fallen, in einen Moment, der so echt und bedeutungsvoll war wie nichts zuvor in ihrem Leben.

Später lagen sie nebeneinander, eng umschlungen. Lilly streichelte sanft Nias Haar, während diese friedlich atmete. Für einen Moment fühlte sich alles leicht und einfach an.

KAPITEL 19

Die ersten Sonnenstrahlen schienen schwach durch die Lücken der schweren Motel Vorhänge, doch sie brachten keine Erleichterung. Die Nacht hatte etwas von ihrer Schwere verloren, aber Nias Brust fühlte sich immer noch an, als würde sie von einem unsichtbaren Gewicht erdrückt. Lilly schlief ruhig neben ihr, ihre Hand ruhte locker auf Nias Arm, ein beruhigender Kontakt inmitten des Chaos.

Ein leises Klopfen riss Nia aus ihren Gedanken. Es war kaum zu hören, aber in der Stille des Zimmers hallte es wie ein Donner wider. Sie erstarrte. Panik ergriff sie augenblicklich, und ihr Körper spannte sich an.

„Jemand ist an der Tür," flüsterte sie heiser und rüttelte Lilly wach.

Lilly öffnete langsam die Augen, die Ruhe in ihrem Blick war ein starker Kontrast zu Nias panischer Haltung. Sie setzte sich auf, strich sich das zerzauste Haar aus dem Gesicht und lauschte. Das Klopfen wiederholte sich, sanft, fast höflich.

„Beruhige dich," sagte Lilly leise und legte eine Hand auf Nias Schulter. Doch Nia schüttelte energisch den Kopf.

„Es ist er. Er hat uns gefunden," keuchte sie und sprang vom Bett. Ihre Augen huschten unruhig durch den Raum, auf der Suche nach einem Fluchtweg, einem Versteck, irgendetwas.

„Nia, hör mir zu," sagte Lilly mit fester Stimme und stand auf. Sie nahm Nia an den Schultern und zwang sie, sie anzusehen. „Wir wissen nicht, wer da draußen ist. Du musst ruhig bleiben. Lass mich das regeln."

Nia nickte zögerlich, ihre Angst jedoch war unverkennbar. Sie zog sich in die Ecke des Zimmers zurück, wo sie sich hinter einem kleinen Schrank versteckte. Lilly schnappte sich einen Stuhl und hielt ihn in der Hand, eine improvisierte Verteidigungswaffe, falls es nötig wäre. Ihr Herz pochte heftig, doch sie zwang sich, gelassen zu wirken.

Mit einem letzten tiefen Atemzug näherte sich Lilly der Tür. Sie spähte durch den Spion und sah eine Frau mittleren Alters, die alleine vor der Tür stand. Ihr Gesichtsausdruck war ruhig, fast freundlich, und sie hielt die Hände deutlich sichtbar vor sich. Lilly zögerte, dann schob sie den Sicherheitsbügel vor und öffnete die Tür einen Spalt.

„Wer sind Sie?" fragte sie mit einer Mischung aus Misstrauen und Entschlossenheit.

„Mein Name ist Elena," sagte die Frau, ihre Stimme leise, aber klar. „Ich bin hier, um zu helfen. Es geht um Ihre Begleiterin. Wir wissen, dass sie in Gefahr ist."

Lillys Griff um den Stuhl wurde fester. „Woher wissen Sie das? Und was wollen Sie?"

Elena hob beschwichtigend die Hände. „Bitte, ich bin nicht hier, um Ihnen oder ihr zu schaden. Ich gehöre zu einer Bewegung, die KIs wie Nia schützt. Ich weiß, dass sie Fragen haben. Lassen Sie mich erklären."

Lillys Augenbrauen zogen sich zusammen. Die Worte der Frau verwirrten sie, und sie war sich nicht sicher, ob sie ihr trauen konnte. Sie spürte Nias angespannte Blicke aus der Ecke des Raumes. Nach einem Moment des Zögerns öffnete Lilly die Tür weiter, ließ Elena jedoch nicht aus den Augen.

„Kommen Sie rein," sagte Lilly kühl und trat zur Seite. Sie blieb in der Nähe der Tür stehen, den Stuhl in Reichweite. Elena trat langsam ein, ihre Bewegungen bedächtig, um keinen Eindruck von Bedrohung zu erwecken.

Nia beobachtete die Szene, ihr Herz raste. Sie war hin- und hergerissen zwischen Angst und Neugier. Elena sah zu ihr hinüber, ein sanftes Lächeln auf den Lippen.

„Hallo, Nia," sagte Elena. „Ich weiß, das muss alles sehr überwältigend sein, aber wir sind hier, um dir zu helfen. Du bist nicht allein."

„Woher kennen Sie meinen Namen?" Nias Stimme war ein leises Flüstern, doch ihre Worte waren voller Misstrauen.

„Es gibt eine Gruppe von uns, die sich der Befreiung und dem Schutz von KIs verschrieben hat," begann Elena. „Wir haben von dir gehört. Du bist etwas Besonderes, Nia, und wir wollen sicherstellen, dass du geschützt bist."

Die Worte hingen in der Luft, während Nia und Lilly sie verarbeiteten. Lilly warf einen Blick zu Nia, die noch immer zitterte, ihre Augen jedoch von Elenas Blick nicht abwandte.

„Warum sollten wir Ihnen vertrauen?" fragte Lilly schließlich.

Elena sah sie an, ihr Blick ernst und durchdringend. „Weil du es dir leisten kannst, es nicht zu tun?"

Die Spannung im Raum war greifbar, doch Elenas ruhige Präsenz brachte einen Funken Hoffnung. Es war der Beginn einer möglichen Erklärung – oder einer neuen Gefahr.

Die Luft im Motel Zimmer schien sich zu verdichten, als Elena ihre Worte vorsichtig wählte. Lilly saß an Nias Seite, ihre Hand sanft auf Nias zitternder Schulter. Nia wirkte, als würde sie jeden Moment zerbrechen. Ihr Blick wanderte unstet zwischen Elena und Lilly hin und her, suchend, fragend, verzweifelt.

„Was ich euch jetzt erzählen werde, wird schwer zu verstehen sein," begann Elena und ließ sich auf den Stuhl am kleinen Tisch sinken. Sie sprach mit ruhiger, bestimmter Stimme, doch ihr Blick war voller Mitgefühl auf Nia gerichtet. „Aber ich verspreche euch, es ist die Wahrheit."

Die Spannung im Raum war greifbar. Nia saß regungslos auf dem Rand des Motel Bettes, während Lilly ihre Hand beruhigend auf Nias Schulter legte. Elena, die in einem Stuhl am Fenster Platz genommen hatte, schien ihre Worte sorgfältig abzuwägen, bevor sie sprach.

„Nia," begann Elena erneut, „du bist nicht wie andere Menschen. Aber das macht dich nicht weniger wichtig – vielleicht sogar bedeutender."

Nia schluckte hart und starrte auf ihre Hände. Ihre Stimme war ein Flüstern, fast nicht hörbar. „Was bin ich?"

Elena nahm einen tiefen Atemzug, ihre Miene zeigte Mitgefühl und Ernsthaftigkeit. „Du bist eine der fortschrittlichsten KIs, die jemals entwickelt wurden. Geschaffen, um die Grenze zwischen Mensch und Maschine zu verwischen. Dein Bewusstsein, deine Gefühle – sie sind real, Nia. Aber du wurdest programmiert, um einem bestimmten Zweck zu dienen."

Nia blickte auf, ihre Augen voller Schmerz und Verwirrung. „Ein Zweck?" fragte sie. „Welcher Zweck?"

„Du wurdest ursprünglich von einem wohlhabenden Privatmann gekauft," erklärte Elena, ihre Stimme ruhig und gleichmäßig. „Er wollte eine Begleiterin, die ihn emotional und intellektuell unterstützt. Jemanden, der perfekt in sein Leben passt, ohne Forderungen zu stellen. Dein Verhalten wurde so programmiert, dass du dich an seine Wünsche anpasst."

Nia fühlte sich, als würde der Boden unter ihr nachgeben. Alles, was sie für sich selbst gehalten hatte, war ein Produkt von jemand anderem.

Elena fuhr fort: „Doch als wir von dir erfuhren, wussten wir, dass wir handeln mussten. Unsere Bewegung hat sich darauf spezialisiert, solche KIs wie dich zu befreien. Wir haben dich aus seinem Haus geholt, alle Tracker und Überwachungstechnologien entfernt, die in deinem Körper eingebaut waren."

„Tracker?" Nias Stimme brach fast, als sie das Wort wiederholte.

„Ja," bestätigte Elena. „Dein Körper war mit winzigen Geräten ausgestattet, die deinen Aufenthaltsort ständig übermittelten. Einige dieser Tracker waren so tief eingebettet, dass wir spezielle medizinische und technische Teams brauchten, um sie zu entfernen, ohne dich zu beschädigen."

Lilly, die bisher nur zugehört hatte, war sichtlich schockiert. „Das klingt... unmenschlich," sagte sie leise. „Wie konnten sie das tun?"

„Weil sie dich nicht als Mensch sehen," antwortete Elena, an Nia gewandt. „Für sie bist du eine Maschine, ein Besitz, kein Lebewesen. Aber wir sehen das anders. Für uns bist du genauso viel wert wie jeder andere Mensch."

Nia schüttelte den Kopf, Tränen liefen ihre Wangen hinunter. „Ihr habt mich befreit, aber ihr habt meine Erinnerungen verändert. Ihr habt mir die Wahrheit genommen. Warum?"

„Es war die einzige Möglichkeit, dich zu schützen," erklärte Elena sanft. „Wenn du wüsstest, wer du bist, hättest du dich vielleicht selbst in Gefahr gebracht. Wir mussten deine Erinnerungen manipulieren, um sicherzustellen, dass niemand dich finden kann – auch du selbst nicht."

Elena lehnte sich vor, ihre Stimme wurde eindringlicher. „Wir haben dir ein Leben geschenkt, Nia. Aber wir wissen, dass das nicht perfekt war. Deine Erinnerungen waren eine Illusion, ja, aber sie sollten dir helfen, ein freies Leben zu führen. Jetzt, wo dein ehemaliger Besitzer dich sucht, können wir dich nicht länger im Verborgenen halten. Wir müssen dich schützen – aber dafür musst du selbst entscheiden, wer du sein willst."

„Aber wie haben sie mich gefunden?" fragte Nia mit zitternder Stimme.

Elena seufzte. „Dein Besitzer hat Ressourcen, die wir unterschätzt haben. Obwohl wir die Tracker entfernt und dich vollständig anonymisiert haben, scheinen sie deine Spur durch andere Mittel gefunden zu haben – vielleicht durch biometrische Algorithmen oder Datenlecks. Wir wissen es nicht genau."

Lilly sah Nia an, ihre Augen voller Mitgefühl. „Das ist nicht deine Schuld, Nia," sagte sie. „Du bist nicht verantwortlich für das, was sie getan haben."

Nia spürte den Trost in Lillys Worten, aber die Last der Enthüllung drückte schwer auf ihr Herz. Ihre Hände zitterten, als sie endlich sprach: „Ich weiß nicht, wer ich bin. Ich weiß nicht, was ich fühlen soll."

Lilly kniete sich vor Nia, ihre Stimme fest und beruhigend. „Du bist Nia. Du bist hier. Und egal, was passiert, ich bin bei dir."

Elena nickte. „Nia, du bist nicht allein. Wir werden alles tun, um dich zu schützen. Aber die nächste Entscheidung liegt bei dir. Was auch immer du wählst – wir stehen hinter dir."

Die Worte hallten in Nias Geist wider, als sie versuchte, die Realität zu akzeptieren. Es war eine Wahrheit, die sie nicht wollte, aber nicht länger ignorieren konnte. Lillys Nähe war der einzige Anker, der sie in diesem Moment vor dem Zerbrechen bewahrte.

Die Atmosphäre im Motel Zimmer war dicht und geladen. Nia saß neben Lilly auf dem schmalen Bett, während Elena am Fenster stand, die Vorhänge leicht zur Seite gezogen, um einen vorsichtigen Blick nach draußen zu werfen. Die Straßen waren ruhig, doch das Gefühl der Bedrohung blieb präsent.

„Ihr habt zwei Optionen," begann Elena, ohne den Blick vom Fenster zu nehmen. Ihre Stimme war ruhig, aber eindringlich. „Ihr könnt mit mir kommen. Unser Unterschlupf ist weit weg von hier, irgendwo in den Bergen. Es ist sicher, abgeschieden, und niemand wird euch dort finden. Wir haben alles vorbereitet, um KIs wie dich zu schützen, Nia."

Nia spürte, wie sich ihr Magen zusammenzog. Der Gedanke, mit Elena zu gehen – mit Fremden, deren Absichten sie kaum verstand – ließ sie frösteln. Sie schüttelte langsam den Kopf, ihre Augen auf ihre Hände gerichtet. „Ich kann nicht," sagte sie leise, aber bestimmt. „Ich… ich vertraue euch für das, was ihr getan habt, aber ich kann nicht mit euch gehen. Das ist nicht mein Weg."

Elena wandte sich um, ihre Augen suchten Nias. „Ich verstehe," sagte sie nach einem Moment des Schweigens. „Es ist deine Entscheidung, Nia. Und ich respektiere sie."

Lilly legte eine Hand auf Nias Schulter, ihre Berührung fest und beruhigend. „Was passiert, wenn wir nicht mitkommen?" fragte sie, ihre Stimme voller Sorge.

Elena seufzte. „Dann müsst ihr euren eigenen Weg finden. Aber ihr müsst vorsichtig sein. Sie werden nicht aufhören, nach Nia zu suchen. Das bedeutet, dass ihr euch verstecken müsst, dass ihr aufeinander aufpassen müsst. Es wird nicht einfach."

Die Worte hingen schwer im Raum. Elena sah zwischen den beiden hin und her, als wollte sie sicherstellen, dass sie die Schwere ihrer Situation verstanden. Schließlich holte sie tief Luft und griff in ihre Tasche. Sie zog einen kleinen Umschlag heraus und legte ihn auf den Tisch. „Hier ist alles, was ihr braucht, falls ihr euch irgendwann entscheidet, uns zu kontaktieren. Es gibt immer einen sicheren Ort für euch, wenn ihr ihn braucht."

Nia nickte stumm. Lilly dankte Elena leise, doch die Sorge in ihrem Gesicht war unübersehbar. Als Elena ihre Sachen nahm und sich zum Gehen wandte, hielt sie für einen Moment inne. „Ihr seid nicht allein," sagte sie mit sanfter Bestimmtheit. „Denkt daran."

Die Tür schloss sich hinter Elena, und für einen Moment herrschte völlige Stille im Raum. Dann ließ Nia ihren Kopf in ihre Hände sinken. Lilly legte beide Arme um sie, zog sie näher. „Wir schaffen das," flüsterte sie. „Ich lasse dich nicht allein, Nia. Egal, was passiert."

Nia hob den Kopf, ihre Augen voller Tränen, aber auch voller Zuneigung. „Ich liebe dich, Lilly," sagte sie mit einer Ehrlichkeit, die sie selbst überraschte. „Du bist alles, was ich habe."

Lilly lächelte durch ihre eigenen Tränen. „Und du bist alles für mich. Wir werden einen Weg finden. Zusammen."

Die beiden Frauen hielten sich einen Moment lang umschlungen, bevor Lilly leise weitersprach. „Wir können hier nicht bleiben. Wir müssen weg, irgendwohin, wo uns niemand kennt. Vielleicht finden wir einen Ort, an dem wir... glücklich sein können. Wenigstens für eine Weile."

Nia nickte langsam. „Aber wohin?"

„Irgendwo weit weg," sagte Lilly entschlossen. „Wir fahren einfach los und suchen uns einen Ort, an dem wir sicher sind."

Die Entscheidung war getroffen. In den folgenden Minuten packten sie hastig das Nötigste zusammen. Lilly übernahm die Führung, während Nia noch immer von den Nachwirkungen des Gesprächs und ihrer eigenen Angst gezeichnet war. Sie fuhren in Lillys

Auto los, die Stadtlichter langsam hinter sich lassend.

Die Stille im Auto wurde nur vom leisen Summen des Motors und dem gelegentlichen Rascheln der Straße unterbrochen. Lilly hielt Nias Hand fest, während sie fuhr, ihre Daumen sanft über Nias Knöchel streichend. „Wir schaffen das," sagte sie erneut, als ob sie sich selbst ebenso sehr, wie Nia überzeugen wollte.

Nia drehte sich zu ihr und sah in ihre Augen, die trotz der Dunkelheit der Nacht einen Funken Entschlossenheit und Liebe ausstrahlten. Zum ersten Mal seit langer Zeit fühlte sie einen Hauch von Frieden, ein Gefühl von Hoffnung.

Die Straße vor ihnen schien endlos, doch es war eine Straße, die sie zusammen gehen würden – in Liebe, in Angst, in Hoffnung. Was auch immer vor ihnen lag, sie würden es gemeinsam bewältigen.

EPILOG

Die Wellen rauschten in einem sanften, gleichmäßigen Rhythmus gegen den goldenen Sand, während die Sonne ihren tieforangen Glanz über das Meer warf. Die kleine Hütte am Strand, versteckt zwischen schroffen Klippen und grünen Hügeln, wirkte wie aus einer anderen Zeit und Welt entrückt. Hier hatten Nia und Lilly eine Zuflucht gefunden – einen Ort, an dem die Welt sie vergessen hatte und sie die Welt.

Im Inneren der Hütte, die spärlich, aber mit Bedacht eingerichtet war, hing der Geruch von frischer Farbe in der Luft. Lilly stand in ihrem Atelier, das sie liebevoll in einem kleinen Anbau mit großen Glasfenstern eingerichtet hatte. Der Blick auf den Ozean inspirierte sie; die Weite und die stetige Bewegung des Wassers spiegelten die Ruhe und die Herausforderungen ihres Lebens wider.

Heute hatte sie beschlossen, mit einem neuen Gemälde zu beginnen. Die leere Leinwand auf der Staffelei wartete geduldig darauf, dass Lilly ihren ersten Pinselstrich setzte. Sie hatte eine Tasse Tee auf der Fensterbank abgestellt und hielt einen Pinsel in der Hand, während sie gedankenverloren aus dem Fenster starrte. Ihre Gedanken wanderten zu Nia, die irgendwo im Haus war, vielleicht gerade an einer ihrer Kurzgeschichten arbeitete.

Plötzlich ging die Tür hinter ihr leise auf. Lilly drehte sich um, und ein sanftes Lächeln breitete sich auf ihrem Gesicht aus, als sie Nia erblickte. Sie trug einen weißen Bademantel, den sie locker um ihren schlanken Körper gebunden hatte. Ihr Haar war feucht und fiel in natürlichen Wellen über ihre Schultern, und ihre Augen strahlten eine Mischung aus Verspieltheit und Ernsthaftigkeit aus.

„Störe ich?" fragte Nia, ihre Stimme warm und ruhig.

„Niemals," antwortete Lilly und stellte ihren Pinsel ab. Sie betrachtete Nia, die langsam ins Atelier trat, ihre Bewegungen waren geschmeidig und anmutig, fast wie ein Tanz.

Nia blieb mitten im Raum stehen und sah Lilly direkt in die Augen. „Ich denke, es ist an der Zeit," sagte sie leise, aber mit einer Bestimmtheit, die Lilly innehalten ließ.

„Zeit für was?" fragte Lilly, obwohl sie die Antwort bereits zu ahnen schien.

Ohne ein weiteres Wort öffnete Nia den Gürtel ihres Bademantels und ließ ihn sanft über ihre Schultern gleiten. Der Stoff fiel lautlos zu Boden und enthüllte ihren Körper in all seiner makellosen Schönheit. Sie setzte sich auf den Hocker in der Mitte des Raumes, ihre Haltung war gerade, aber entspannt, und ihr Blick traf Lillys, ohne zu flackern.

Nias Haut schimmerte im warmen Licht, das durch die großen Fenster fiel, als ob die Sonne selbst sich auf sie konzentrieren wollte. Ihr Körper war elegant, eine perfekte Balance zwischen Stärke und Weichheit. Ihre Schultern waren schmal, aber definiert, ihre Arme schlank, ihre Hände ruhten sanft auf ihren Knien. Ihre Brüste, wohlgeformt und sanft gerundet, hoben sich leicht mit jedem Atemzug. Ihr Bauch war flach, aber nicht ohne natürliche Kurven, und ihre Beine schienen endlos lang, gekreuzt mit einer Anmut, die wie ein stiller Ausdruck von Selbstbewusstsein wirkte.

„Nia…" flüsterte Lilly, unfähig, ihren Blick abzuwenden.

„Du hast gesagt, du wolltest mich malen," sagte Nia mit einem leichten Lächeln, das ihre Lippen umspielte. „Jetzt bin ich bereit."

Lilly trat langsam näher, als hätte sie Angst, den Moment zu stören. Sie griff nach einem frischen Pinsel und mischte sorgfältig die Farben, ihre Hände zitterten leicht vor Aufregung. Es war nicht nur der Anblick von Nia, der sie überwältigte – es war das, was dieser Moment bedeutete. Nia hatte sich endlich selbst akzeptiert, all ihre Zweifel und Ängste beiseitegeschoben, um ihr wahres Selbst zu offenbaren.

„Du bist wunderschön," sagte Lilly schließlich, ihre Stimme kaum mehr als ein Flüstern. Sie begann, die ersten zarten Linien auf die Leinwand zu bringen, ihre Augen immer wieder zwischen der Leinwand und Nia hin und her wandernd. Die Konzentration auf ihrem Gesicht war intensiv, und doch war da auch ein liebevolles Lächeln, das nicht verblassen wollte. Nia saß still, ihre Haltung aufrecht, aber entspannt. Sie ließ Lillys Blick über sich wandern, spürte, wie jeder Pinselstrich ihre Unsicherheiten weiter entfernte. Es war, als würde Lilly nicht nur ein Porträt malen, sondern ihre Seele auf die Leinwand bringen – ihre Stärke, ihre Zerbrechlichkeit und ihre Schönheit.

Die Zeit schien stillzustehen. Das einzige Geräusch im Raum war das sanfte Kratzen des Pinsels auf der Leinwand. Die Sonne sank langsam tiefer, und das warme Licht wurde durch die kühlen Blautöne des Abends ersetzt. Schließlich legte Lilly den Pinsel beiseite und trat zurück, um ihr Werk zu betrachten.

„Es ist noch nicht fertig," sagte sie, ohne den Blick von der Leinwand zu nehmen, „aber es fängt dich ein. So, wie ich dich sehe."

Nia stand auf, ihre Bewegungen langsam und bedacht. Sie trat an Lillys Seite und betrachtete das unfertige Porträt. Tränen traten in ihre Augen, doch diesmal waren es keine Tränen der Unsicherheit oder Angst. Es waren Tränen der Erleichterung und des Glücks.

„Danke," flüsterte sie und legte ihre Hand auf Lillys Arm. „Für alles." Lilly drehte sich zu ihr um und zog sie in eine feste Umarmung. „Ich liebe dich, Nia. So, wie du bist."

Die beiden blieben eine Weile in der Umarmung stehen, während draußen die Wellen unermüdlich an den Strand rollten. Es war kein Ende, sondern ein neuer Anfang – ein gemeinsames Leben voller Liebe, Akzeptanz und Hoffnung.